Klaus Hördemann

Die Kinder vom Heckerhof

biografischer Roman

Die Kinder vom Heckerhof
Klaus Hördemann

1. Auflage
September 2015

ISBN: 978-3-73863-356-6

Korrektorat & Satz: Petra Schmidt, www.lektorat-ps.com
Umschlaggestaltung: H.-S. Damaschke, www.sheep-black.com
Fotos: Privatarchiv
Herstellung und Verlag: BoD-Books on Demand, Norderstedt

Bibliografische Information der Deutschen Nationalbibliothek:
Die Deutsche Nationalbibliothek verzeichnet diese Publikation in der Deutschen Nationalbibliografie; detaillierte bibliografische Daten sind im Internet über http://dnb.d-nb.de abrufbar.

Alle Rechte liegen beim Autor.
© 2015 by Klaus Hördemann

Das Werk ist einschließlich aller seiner Teile urheberrechtlich geschützt. Jede Verwertung und Vervielfältigung des Werkes ist ohne Zustimmung des Autors unzulässig und strafbar. Alle Rechte, auch die des auszugsweisen Nachdrucks und der Übersetzung, sind vorbehalten! Ohne ausdrückliche schriftliche Erlaubnis des Autors darf das Werk, auch nicht Teile daraus, weder reproduziert, übertragen noch kopiert werden, wie zum Beispiel manuell oder mithilfe elektronischer und mechanischer Systeme inklusive Fotokopieren, Bandaufzeichnung und Datenspeicherung. Zuwiderhandlungverpflichtet zu Schadenersatz.

Für Tanja, Caroline und Alexander

Ich träum' als Kind mich zurücke
Und schüttle mein greises Haupt,
Wie sucht ihr mich heim, ihr Bilder,
Die lang ich vergessen geglaubt?

Hoch ragt aus schatt'gen Gehegen
Ein schimmerndes Schloß hervor,
Ich kenne die Thürme, die Zinnen,
Die steinerne Brücke, das Thor.

Es schauen vom Wappenschilde
Die Löwen so traulich mich an,
Ich grüße die alten Bekannten
Und eile den Burghof hinan.

Dort liegt die Sphinx am Brunnen,
Dort grünt der Feigenbaum,
Dort hinter diesen Fenstern
Verträumt' ich den ersten Traum.

Ich tret' in die Burgkapelle
Und suche des Ahnherrn Grab,
Dort ist's, dort hängt vom Pfeiler
Das alte Gewaffen herab.

Noch lesen umflort die Augen
Die Züge der Inschrift nicht,
Wie hell durch die bunten Scheiben
Das Licht darüber auch bricht.

So stehst du, o Schloß meiner Väter,
Mir treu und fest in dem Sinn,
Und bist von der Erde verschwunden,
Der Pflug geht über dich hin.

Sei fruchtbar, o teurer Boden,
Ich segne dich mild und gerührt,
Und segne ihn zwiefach, wer immer
Den Pflug nun über dich führt.

Ich aber will auf mich raffen,
Mein Saitenspiel in der Hand,
Die Weiten der Erde durchschweifen
Und singen von Land zu Land.

„Das Schloß Boncourt"
Adelbert von Chamisso

Inhalt

Vorwort	9
Prolog	11
Unterwegs	13
Tante Lina	19
Am Ziel	23
Der Hund aller Hunde	27
Doris	29
Onkel Elmar	33
Die Hofgemeinschaft	35
Rauchen und die Folgen	42
Schnee auf den Alpen	51
Die 23	58
Roggenernte	66
Im Heckerbusch	80
Gewitter	87
Von Hannibal und anderen Schweinen	96
Der Tag des Herrn	103
Ungebetene Gäste	114
Kartoffelferien	119
Nachwort	124
Anhang	127

*Die Erinnerung ist das einzige Paradies,
woraus wir nicht vertrieben werden können.*

Jean Paul

Vorwort

Beim Schreiben kehrten sie zurück, die Erinnerungen an eine schöne, unvergessliche Zeit.

Traumatische Ereignisse hatten mich dazu angetrieben, gedanklich in die Traumwelt meiner Kindheit abzutauchen, Bilder und Begebenheiten wieder aufleben zu lassen, die für mich damals bedeutsam waren, und so die bedrückende Gegenwart für eine Zeitlang auszublenden.

Es erscheint mir heute so, als habe an jedem jener Tage die Sonne geschienen, obwohl es sicher auch solche mit grauem Himmel und Dauerregen gab.

Das Gedächtnis meint es gut mit uns, verleiht es doch beglückenden Erlebnissen einen Heiligenschein und umhüllt die Schicksalsschläge des Lebens mit dem Mantel des Vergessens.

Ich lebte in einer heilen Welt, in einer Zeit, die viele Alterskameraden in ganz anderer, oft schlimmer Erinnerung haben mögen.

Das Paradies ist dahin, doch die Erinnerungen haben sich eingegraben; eine Mischung aus Geschmack, Geruch, Geräuschen, Gesichtern und Erlebnissen: der Duft des reifen Korns, das Aroma einer Pappelrinde, das Konzert der Heerscharen von Spatzen in den alten Linden vor dem Kuhstall, die Lieder, die die Cousinen sangen, der Widerhall der Pferdehufe bei ihrem Galopp durch die gepflasterte Hohlgasse zur Koppel.

All diese Erfahrungen der Sinne sind in mein Bewusstsein und tiefer eingesickert, haben dort Wurzeln geschlagen und eine Sammlung wahrer Geschichten von einer Reise in die Geschichte meiner Kindheit hervorgebracht. Beispielhaft für meine Zeit auf dem Heckerhof schildere ich Episoden während der Ferien im Jahr 1953 aus der Sicht eines damals Neunjährigen.

★

Man schrieb den Anfang der fünfziger Jahre des vergangenen Jahrhunderts.

Das Kriegsende lag noch nicht lange zurück. Der Krieg hatte seine Spuren hinterlassen und seine Folgen waren überall sicht- und spürbar – so sagten und klagten die Erwachsenen.

Kinder sehen und erleben die Welt so, wie sie ist. Sie können und brauchen nicht zu vergleichen. Für sie gibt es kein Vorher und Nachher.

Ich erzähle von den Erlebnissen der Enkel des Franz Hördemann, ihrer Freunde und von mir, der im Krieg nur knapp dem Tod entrann, sowie meinen jüngeren Schwestern, die durch die Gnade der späteren Geburt bewahrt blieben vor derartigen Gefährdungen ihres Lebens und – wer kann es beurteilen – der unbewussten Beeinflussung ihrer seelischen Entwicklung durch schlimme Ereignisse.

Klaus Hördemann

Prolog

Die Frontlinie verlief zum Kriegsende nur wenige Kilometer westlich des Heckerhofes.

Sirenengeheul: Fliegeralarm!

Die Familie suchte Zuflucht und Schutz in den Kellergewölben der Gastwirtschaft von Tante Lina. Die Mauern erzitterten beim Einschlag der Bomben. Von den Wänden rieselte der Kalk. Auf den Holzregalen klirrten Flaschen und Gläser mit Eingemachtem.

Zusammengekauert und eng aneinandergerückt hielt man sich schützend die verschränkten Arme über den Kopf.

Erneutes Sirenengeheul: Entwarnung.

Dann der Aufschrei meiner Mutter:

„Der Junge, der Junge!"

Da lag ich in meinem Körbchen, drei Monate alt, blutüberströmt.

„Beruhige dich, Hildegard, es ist nur das Tomatenmark."

Tante Lina, wie stets die Ruhe in Person, behielt den Überblick.

Ein umgestürztes Einmachglas, offensichtlich unzureichend eingekocht, hatte seinen Inhalt über das Baby ergossen. Glücklicherweise blieben die unzähligen Flaschen mit Schnaps und Weinbrand unversehrt und sicherten so der Familie im Tausch gegen Essbares das Überleben in der Nachkriegszeit.

Diaspora statt Großdeutsches Reich, Leichlingen statt Ukraine.

In die kleine, beschauliche Stadt an der Wupper hatte es meinen Vater mit seiner Familie aus Eitorf verschlagen, nachdem die Rote Armee Hitlers Pläne durchkreuzt hatte, in denen dem Tierarzt Hördemann schon ein Distrikt im Westen der eroberten Ostgebiete zugewiesen worden war.

„Nein, so was, ihr Armen, da wohnen ja nur Evangelische!"

Besorgt und voll des Mitleids fürchtete Tante Lina um das Seelenheil der Familie.

Immerhin, es gab dort eine katholische Volksschule und eine Kirche mit Pastor.

Ich besuchte die dritte Klasse bei Fräulein Kaumanns, einer strengen wie liebevollen Erzieherin.

Nach Freigabe durch die englische Besatzung hatte die Familie ein Haus mit Garten in der Grünstraße bezogen. Neben der Eingangstür wies ein weißes Emaille-Schild mit schwarzen Buchstaben hilfesuchende Tiere und deren besorgten Besitzer auf den neuen Doktor hin:

Dr. med. vet. W. Hördemann
prakt. Tierarzt

Doch das ist eine Geschichte für sich ...

Unterwegs

Endlich Sommerferien!
Von nun an verschwendete ich keinen Gedanken mehr an Schule und Lehrer. Bis Ostern und zu den Zeugnissen würde mir noch alle Zeit der Welt bleiben, die Zensuren zu verbessern. Unbeschwert von Hausaufgaben und Ermahnungen der Eltern konnte ich mich jetzt auf das Wesentliche konzentrieren. Ich hatte nur noch eines im Sinn, unser Urlaubsziel: Eitorf, der Heckerhof! Mich erwarteten herrliche Zeiten.

Die Koffer wurden verstaut. Bei einem Auto mit beschränktem Kofferraum voller tierärztlicher Instrumente ein schwieriges Unterfangen, blieb doch für das Urlaubsgepäck nur der Fußraum vor dem Beifahrersitz.

Mutti wehrte zuhause mögliche Einbrecher ab, bediente das Telefon und vertröstete Bauern in Not. Auch ein Tierarzt, sonst ständig in Bereitschaft, brauchte mal eine Auszeit.

„Hoffentlich springt der Käfer an!", hatte ich so meine Bedenken.

Der graue VW war in die Jahre gekommen und streikte hin und wieder. Nach drei vergeblichen Startversuchen gehorchte der Motor, offensichtlich beeindruckt von den Flüchen meines Vaters. Welch befreiendes Gefühl Leichlingen hinter sich zu lassen! Keine Spur von Abschiedsschmerz, nicht das sonst übliche Gerangel um die besten Sitzplätze! Selbst meine Schwester Gabi blieb ungewohnt friedlich

Mein Vater wie immer wortlos, Zigarette in der linken, Steuer in der rechten Hand. Im Auto diese unverwechselbare Geruchsmischung aus Veterinärmedizin und Zigarettenqualm. Mir hinlänglich vertraut und daher keinesfalls unangenehm. Keine der sonst bei Familienausflügen üblichen Vorhaltungen von Mutti: „Willi, rauch nicht so viel, denk doch an die Kinder!" *Sie hatte dabei wohl eher als unsere Gesundheit die unzähligen Brandlöcher in ihren Röcken und Vatis Hosen im Sinn. Unwillig hatte Vater nach ihren Ermahnungen wortlos die Fensterscheibe heruntergekurbelt und wir hatten von beidem etwas: Zugluft und Zigarettenrauch.*

Bei Hennef endete die Autobahn. Die vertraute Landstraße entlang der Sieg in Richtung Eitorf erweckte in mir Vorfreude auf die bevorstehende Ferienzeit. Zarte Nebelschleier über den Flussauen lösten sich langsam auf und machten am Himmel der Sonne Platz. Nur selten begegnete uns ein Auto. Zur Rechten schlängelte sich die Straße an steilen Felswänden entlang, links glitzerte das Wasser der Sieg im Morgenlicht.

Meine kleine Schwester Ulrike, „Fröschlein", wie sie Vati nannte, saß in der Mitte der Rückbank. Gabi und ich legten uns, der Fliehkraft nachgebend, mal nach links, mal nach rechts, um zu verhindern, dass das Auto aus der Kurve getragen würde und weil es einfach Spaß machte. Riklein ärgerte es, als Puffer zwischen ihren Geschwistern hin und her geschubst zu werden.

„Papi, ich will nicht in der Mitte sitzen, die Kinder zanken mich!", protestierte sie.

Diesmal konnte sie ihren Willen bei Vati nicht durchsetzen.

„Du bist die Kleinste und du bleibst, wo du bist! Sonst kann ich im Rückspiegel nichts sehen. Und jetzt Ruhe auf den hinteren Plätzen! Basta!"

Dreieckig, weiß mit rotem Rand, warnte ein Schild am Straßenrand die Autofahrer: „Steinschlaggefahr".

Ich döste vor mich hin und malte mir in Gedanken aus, wie riesige Felsbrocken auf das Dach des Autos herunterprasselten, als ich den Stoß eines Ellenbogens in die Seite verspürte.

„Mach dich nicht so dick!"

Aha, Gabi war wach geworden.

„Vati, da vor uns! Pass auf!"

Meine Warnung kam zu spät! Der Wagen bremste mit quietschenden Rädern. Vater riss die Tür auf. Vor dem Auto lag ein kleiner Junge auf dem Boden und weinte.

„Ist dir was passiert?"

Vati hob den Kleinen auf.

„Nein. Aber mein Fahrrad!", schluchzte Theo.

„Das kann man reparieren", tröstete ihn Vati.

Er nahm Theo bei der Hand und verschwand mit ihm in der Hofeinfahrt.

„Ihr wartet im Auto!", rief uns Vati zu.

Vater traf keine Schuld. Der kleine Theo hatte die Straße überquert, ohne auf den Verkehr zu achten

Nach einer Weile sah ich sie zurückkommen: Theo mit seinen Eltern und Vati, offensichtlich erleichtert, dass nichts Schlimmeres passiert war.

Er inspizierte den Schaden.

„Nur eine Beule im Blech. Das Auto ist ein Gebrauchsgegenstand!"

Damit war die Angelegenheit für ihn erledigt. Behoben wurde der Schaden nie und der eingedrückte Kotflügel erinnerte noch lange Zeit an diesen Ferienbeginn.

Am Straßenrand tauchte ein gelbes Ortsschild mit der Aufschrift „Stadt Blankenberg" auf. Ich wusste aus Erfahrung, dass die Fahrt bis nach Eitorf nicht mehr lange dauern würde. Es war jedoch noch ein weiter Weg auf des Schusters Rappen …

Der kleine Ort mit Stadtrechten rechts am Weg war für unseren Vater in seiner Sturm- und Drangzeit von fundamentaler Bedeutung, was er uns jedoch wohlwissentlich verschwieg.

Gebeugt von schwerer Sündenlast und der Furcht vor dem ewigen Gericht pilgerten er und seine Alterskameraden regelmäßig zur dortigen kleinen Kirche, um im Beichtstuhl die Absolution von schweren Sünden zu erlangen. Das Beichtgeheimnis ist zwar heilig und der Beichtvater der Schweigepflicht unterworfen, doch sich dem Ortspfarrer anzuvertrauen, war undenkbar! Schließlich kannte der seine Lämmer alle persönlich.

„Deinde ego te absolvo a peccatis tuis", gab der Pfarrer ihnen den Segen Gottes.

Der lange Fußmarsch von acht Kilometern zur Kirche im Nachbardorf war der Mühe wert gewesen. Man fühlte sich erleichtert und hatte Platz geschaffen in der Seele für neue Missetaten – ob die Sünder wohl bedacht hatten, dass zu einer vor Gott gültigen Beichte die Reue gehörte?

„Dort habe ich früher mal gearbeitet."

Vati zeigte auf die Kammgarnfabrik „Schoeller" links der Straße.

„Gibt es denn da Tiere?"

Auf eine derart einfältige Frage erhielt Gabi keine Antwort.

★

Erst später erfuhr ich, was es mit dieser Fabrik auf sich hatte.

„Du musst erst einmal lernen, was Arbeit bedeutet!"

Mit diesen Worten strich unser Opa Vater die monatlichen Wechsel zur Finanzierung des Studiums.

Weit weg von zuhause, Verbindungsfrohsinn: Wein, Weib und Gesang, fehlende Testate.

„So läuft das nicht, mein Sohn!"

Opa verhängte eine Studienpause und verordnete Zwangsarbeit in der Wollfabrik.

Geschadet hatte die Maßnahme unserem Vater nicht, bereitete ihn die Erfahrung körperlicher Arbeit doch auf den späteren Arbeitsdienst vor. Das wohlgemeinte pädagogische Ziel einer anhaltenden Läuterung verfehlte die Maßnahme jedoch.

Die meisten Studenten litten unter chronischem Geldmangel. München war auch schon zu jener Zeit bekannt als besonders teures Pflaster. Zudem galt es, so manchen Verpflichtungen nachzukommen und der knurrende Magen wollte ruhig gestellt werden.

Welcher Student hatte schon das Glück einer fürsorglichen Schwester wie Vati?

„Komm, Willi, mach kein Theater!"

Mit diesen Worten schob ihm Tante Marianne hin und wieder einen von ihrem Haushaltsgeld abgezwackten Zwanzigmarkschein in die Hosentasche. Wenn Onkel Heinz das gewusst hätte …

Was unterscheidet das Tier vom Menschen? Die Sorge ums Geld!

Geldverdienen des Geldes wegen? Nicht bei Hördemanns!

Die Welt der Finanzen blieb unserem Vater zeitlebens fremd. Zahlungssäumige Bauern, tierärztliche Behandlungen ohne Rechnung – so konnte er keine Reichtümer anhäufen.

★

Nach Eitorf stieg die Straße Richtung Heckerhof in engen Kurven durch die Holle zur Josefshöhe an.

Wir ließen die Kirche hinter uns und ich freute mich schon auf die Sonntagsgottesdienste, in denen wir den Kirchenschweizer wieder zur Weißglut bringen würden.

„Papi, hup mal!"

Gabi hatte Frau Grüter entdeckt.

Vor ihrem kleinen Holzhäuschen rechts der Straße saß sie auf einer Holzbank in der Sonne, umgeben von Kübeln voller bunter Blumen, vornüber gebeugt auf ihren Stock gestützt – ein uraltes, verhutzeltes Weiblein. Opa schätzte sie sehr und stattete ihr regelmäßig nach seinen Geschäften in der Stadt einen Besuch ab.

Sie hatte uns nicht gesehen.

Als Frau Grüter starb, legte ihr Tochter Leni Gehstock und Wollsocken mit ins Grab.

„Man weiß nie, für was es gut ist. Mutter jammerte immer so über kalte Füße!"

Tante Lina

Zu Fuß über den „kleinen Weg" entlang der Strommasten wäre es jetzt nur noch ein Katzensprung bis zum Gut gewesen. Auch wenn ich es kaum erwarten konnte, meine Freunde wiederzusehen – die Einkehr in der Gastwirtschaft von Tante Lina, fünfhundert Meter vor dem Ziel, war ein unumstößliches Ritual, von dem sich Vater nie abbringen ließ.

Es waren Nenntanten, die drei älteren Schwestern, die die Wirtschaft auf der Josefshöhe führten. Auch wenn wir nicht mit ihnen verwandt waren, entsprachen sie doch genauso meinem Ideal einer Tante: ältlich, nicht so mächtig wie Eltern, ohne deren erhobenen Zeigefinger, immer eine kleine Überraschung für Kinder bereithaltend.

Lina, Sophie und Lenchen. Ich wusste nicht viel über sie, nicht welches Schicksal sie zusammengeführt hatte. Tante Lina war nie verheiratet, Sophies Mann Hugo soll in Russland geblieben sein.

Sie hatten ihre Pflichten streng voneinander abgegrenzt: Sophie herrschte über Herd und Kochtöpfe und blieb für uns meistens unsichtbar. Lenchen trafen wir auf ihrem Weg zu den Stallungen hinter der Gastwirtschaft, wo Hühner, Kaninchen und das Schwein Ferdi auf ihr Fressen warteten. In meiner Wahrnehmung eine uralte Frau, vor der ich mich ein bisschen gruselte. Die grauen Haare streng nach hinten gekämmt, in immer dem gleichen, grauweiß gestreiften, mit unzähligen Flicken besetzten Arbeitskleid wendete sie uns nur kurz ihr Gesicht zu, ohne unseren Gruß zu erwidern.

Über alle und allem residierte sie: Tante Lina. Ihren geringen Gewinn aus dem Betrieb der Gastwirtschaft besserte sie als Schneiderin etwas auf.

Behutsam stieg sie aus der Nähstube kommend die Holztreppe hinunter und schloss die Tür zur Gaststube auf. Ihre Haltung war kerzengerade, die Kleidung einfach, aber makellos. Sie trug ein bis zum Hals geschlossenes, mausgraues Kleid. Ihr Gesichtsausdruck war immer gleich, was mich verunsicherte, konnte ich doch nie einschätzen, was sie gerade dachte oder empfand.

Diese Ordnung und Strenge ihrer Person spiegelte sich in der Architektur und Symmetrie des Hauses wider: rote Ziegeln, klare Fronten, Verzicht auf jeglichen Zierrat.

„Bekomm ich eine Drolle Rops?"

Riklein schaute bittend zur Tante auf.

Diesen Buchstabendreher hat meine Schwester bis heute nicht vergessen.

„Du kriegst deine Rolle Drops."

Tante Lina griff in ihre Schürzentasche. Drops gab es mit Zitronen- oder Orangengeschmack: kleine, süße, klebrige Zuckerscheibchen, verpackt zu einer Rolle aus buntem Wachspapier.

Die dunkelbraunen, blank gewienerten Holzdielen im Schankraum knarrten bei jedem Schritt. Der vertraute Geruch von Bohnerwachs, schalem Bier und kaltem Tabakrauch zog mir in die Nase.

Zu dieser Uhrzeit waren wir die einzigen Gäste und setzten uns wie gewohnt an den Tisch neben dem Fenster zur Straße.

„Was macht die Schule, hast du dich in Mathe verbessert?" Tante Lina wusste einfach alles. „Willi, ein Bier?"

Sie begab sich hinter den Tresen und drehte den blank polierten Messinghahn auf. Das Bier quoll heraus und schäumte über den Glasrand. Vati musste sich gedulden. Wir bekamen jeder ein Glas Zitsch, eine Zitronenlimonade, die es nur bei Tante Lina gab.

Unser Vater berichtete von zuhause und klagte über seinen ständigen Ärger mit zahlungssäumigen Bauern. Von Tante Lina erfuhr er die Neuigkeiten aus dem Dorf und vom Gut: dass die Zuckerrüben schlecht ständen wegen der langanhaltenden Trockenheit, dass der Vorarbeiter Haupt beim Einspannen des Fuchswallachs von dem Pferd in den Bauch getreten worden und ins Krankenhaus gekommen war, dass Dora ein Techtelmechtel mit Horst habe und die beiden bald heiraten müssten.

Wie gesagt, Tante Lina wusste einfach alles.

Die Zeit verrann. Es blieb nicht bei dem einen Bier, und Vati dachte nicht daran aufzubrechen.

Der Opa wird bestimmt wieder stinksauer sein, sorgte ich mich.

„Papi, mir ist langweilig."

Gabi rutschte ungeduldig auf ihrem Stuhl hin und her.

„Geht nach draußen spielen, aber passt auf der Straße auf!"

Vati wandte sich wieder Tante Lina zu.

„Komm mit, wir besuchen Oma Krumbach", forderte mich Gabi auf.

Krumbachs bewirtschafteten das Nachbargut.

Wütendes Gebell. Rex, der Hofhund von gegenüber, hatte uns entdeckt. Gabi kannte keine Furcht vor großen Tieren. Mir rutschte bei der tiefen Belle, der Vorstellung gefletschter Zähne und gesträubter Nackenhaare das Herz in die Hose.

„Feigling!"

Gabi schaute mich verächtlich an. Das saß.

So wurde nichts aus dem Besuch und der Erdbeermarmelade, die uns Oma Krumbach sonst feierlich mit immer den gleichen Worten überreichte:

„Habe ich selbst eingekocht. Es glaubt ja niemand, wie viel Mühe dahinter steckt: Pflücken – ich spüre es noch im Kreuz – entstielen, kochen und einglasen. Ihr dürft mal probieren ...", reichte sie uns fragend den Löffel mit Marmelade und schlabberte dabei auf ihre Schürze.

Sie war gespannt, wie es uns schmeckte.

„Guut!", nickten wir, beeindruckt zu ihr aufschauend.

Daraufhin lächelte Oma Krumbach zufrieden.

Onkel Rasmus schritt vorüber, die Schultern gebeugt von der schweren Sense, der Bart ergraut, das Gesicht verwittert, gezeichnet von Sonne, Arbeit und Alter.

„Da seid ihr ja endlich! Ist auch höchste Zeit! Die Ernte wartet. Wie soll euer Opa ohne euch das Getreide in die Scheune bringen?", rief er uns lachend zu.

Endlich! Vatis Frühschoppen hatte ein Ende gefunden.

„Einsteigen!", forderte er uns auf.

Gequält heulte der Motor auf. Beim zweiten Versuch rastete der Rückwärtsgang mit kreischendem Protest ein. Zurück auf der Landstraße fuhren wir in Richtung Irlenborn.

Noch ein Blick zurück: Tante Lina winkte uns zu.

Am Ziel

Rechts der Straße wies ein verbeultes, grünes Blechschild mit abblätternder, schwarzer Aufschrift den Weg zum Heckerhof.

Unser Hof! Unser Reich! Unser Zuhause!

Ab besagtem Schild gehörte alles uns: das Gut mit seinen Tieren und Gebäuden, die weite, hügelige Landschaft mit ihren endlosen Feldern und Weiden, ein eigener Wald, der Heckerbusch.

620 Morgen Land! – Für mich eine schwer vorstellbare Größenangabe.

„Wie viel Land ist ein Morgen?", fragte ich Opa.

Er versuchte, es mir zu erklären:

„Der Morgen ist ein altes Feldmaß; so viel Ackerland, wie ein Bauer mit seinem Pferd an einem Morgen umpflügen kann."

Diese Belehrung machte mich nicht schlauer. Die Erklärung überstieg mein Vorstellungsvermögen bei Weitem.

Heutzutage ist die Maßeinheit in Vergessenheit geraten. Der Hektar hat den Morgen abgelöst.

Ich musste nachlesen, um vergleichen zu können:

1 Morgen = 2.500 qm; 1 Hektar = 10.000 qm. Dies ergab für den Heckerhof eine Größe von 155 Hektar.

Links am Weg tauchten die vertrauten Gebäude auf: die große Feldscheune, dann die wenige Meter von ihr entfernt stehende, im Fachwerkstil des Siegerlandes erbaute Delborner Scheune. Beides waren sogenannte Durchfahrtsscheunen. Außerhalb der Erntezeit parkten hier im Mittelgang die Landmaschinen. Jetzt warteten die leeren Bansen rechts und links des Fahrweges auf das Getreide. Für uns Kinder ideale, wenn auch verbotene Spielplätze ...

An der Weggabelung nach Delborn überragte eine riesenhafte, uralte Pappel mit ihrer weit ausladenden Krone die Scheune in doppelter Höhe. Sechs Kinder mussten sich an der Hand nehmen, um den mächtigen Baumstamm umfassen zu können.

Ihre weiche, borkige Rinde – auf der Wetterseite grün bemoost – glich den Schollen eines frisch gepflügten Feldes. Wir schnitzten aus ihr Schiffchen für unsere „Regatten" im Heckerbusch, unten am Bach nahe der Quelle. Ihr unverwechselbares Aroma rieche ich bis heute.

Opas Sinn für Baumromantik hielt sich in engen Grenzen. Für ihn blieb die Pappel ein dauerhaftes Ärgernis. Immer wieder krachten morsche Äste auf das Dach der Scheune.

Die Reparatur ging ins Geld, und man musste damit bis zum nächsten Sturm warten. Nur dann übernahm die Versicherung den Schaden ... Pappelholz war zudem von geringem Wert: für eine Verarbeitung zu weich, im Ofen schnell heruntergebrannt. Gefällt werden durfte das Naturdenkmal nicht.

Vater musste ausweichen. Horst, einer von Opas Landarbeitern, kam uns mit dem Trecker entgegen. Ich erblickte meinen Vetter Gerd auf dem Sozius. Hühner brachten sich aufgeregt mit lautem Gegacker flatternd am Wegesrand in Sicherheit.

Gerd war auf dem Hof geboren und fühlte sich uns „Ferienkindern" haushoch überlegen. Zudem war er ein Jahr älter als ich, konnte besser klettern und blieb meist Sieger bei den Ringkämpfen. Dies zählte bei Jungen eine Menge und verschaffte ihm Pluspunkte bei Opa.

Der Trecker verschwand hinter einer Staubwolke.

Vati hielt vor dem Gutshaus an, das hinter zwei mächtigen Linden verborgen lag. Durch die Fenster der Vorderseite schaute man auf den gepflasterten Innenhof und den entfernt gegenüberliegenden Kuhstall. Links vom Gutshaus führte der Weg zwischen Pferdestall und Kornspeicher abwärts hinunter zu den übrigen Stallungen, der Remise für die Kutschen und das landwirtschaftliche Gerät, und verlor sich im Heckerbusch.

Auf der breiten Sandsteintreppe vor dem eichenen Eingangsportal des Gutshauses erkannte ich meinen Großvater Franz. Er erwartete uns bereits.

Unverwechselbar mit seiner hageren Gestalt, dem militärisch kurzen Haarschnitt, das schüttere, ergraute Haar exakt gescheitelt und glatt gekämmt, das Antlitz von tiefen Falten durchfurcht.

Schicksalsschläge hatten dort ihre Spuren hinterlassen: Missernten, zwei Kriege, der frühe Verlust von Frau und Tochter, der Sohn und Hoferbe Franz im

Alter von nur 28 Jahren im Weltkrieg gefallen. Lachen sah ich Großvater nie.

Aufrechten Ganges kam er uns entgegen, Tante Kika am Arm, wie stets akkurat mit Anzug und frisch gestärktem Hemd und Krawatte gekleidet.

Kika meinte, er gleiche dem Bundeskanzler Adenauer. Auf diese Ähnlichkeit angesprochen, reagierte Opa äußerst ungehalten. Offensichtlich schätzte er den Kanzler nicht sonderlich.

Eigentlich hieß die jüngere Schwester meiner Mutter Erika. Ein Name, der schwierig auszusprechen war für Kinder, die gerade sprechen lernen. So tauften wir sie kurzerhand in „Kika" um.

Sie regelte auf dem Heckerhof den Haushalt und herrschte über Dienstmädchen und Waschfrauen. Ihr Reich war die Küche und das Bügelzimmer.

Opa brachte ihr großes Vertrauen entgegen und hatte bedeutende Pläne mit ihr ...

Auch heute lachte Opa nicht. Doch wenn ich genau hinsah, vermeinte ich den Anflug eines Lächelns auf seinem Gesicht erkennen zu können. Er streichelte mir über die Locken. Gabi vergaß wieder mal den Knicks.

„Wir hatten mit dem Mittagessen auf euch gewartet. Jetzt ist der Tisch abgeräumt!"

Unser Vater erntete einen missbilligenden Seitenblick von Opa.

Ich kannte den Grund seines Unmuts ...

Der Hund aller Hunde

Struppi hatte uns mit lautem Bellen angekündigt.

Hunde sind in manchen Belangen begabter als wir Menschen; haben sie doch neben ihrem untrüglichen Gespür für Situationen und Stimmungen nicht nur die empfindlicheren Nasen. Sie merken sich auch Geräusche und können sogar die unterschiedlichen Motoren voneinander unterscheiden. Sie besitzen – nebenbei bemerkt – oft auch die bessere Menschenkenntnis!

Struppi, seines Zeichens Foxterrier, der Hund aller Hunde, hatte den vertrauten VW schon aus weiter Entfernung wahrgenommen und drängelte sich bei der Begrüßung respektlos vor.

Bodo, der stattliche Jagdhund, nahm es gelassen. Quietschen, hochspringen, Hundeküsse – diese Hundefreude war überschwänglich!

Für Struppi war von nun an meine Schwester Gabi Mittelpunkt seines Hundelebens.

„Hunde suchen sich ihre Menschen aus", stellte Vati fest.

Wieso dann ausgerechnet Gabi?, fragte ich mich.

Struppi bewachte sie und folgte ihr auf Schritt und Tritt.

„Der Struppi ist aber dick geworden."

Gabi kraulte ihm die Ohren. Die schwarzen Augen funkelten aus dem weißen, lockigen Fell hervor. Mit regelmäßigem Trimmen – eigentlich einem Muss bei der Rasse – nahm man es auf dem Hof nicht so genau.

Die Nachkriegswirren hatten es gut mit Struppi gemeint; ihm den Hof und uns einen treuen Freund beschert. Er war ein Geschenk, ein Weihnachtsgeschenk!

Onkel Heinz, Vater von Gerd, Doris und Christa, hatte den Welpen kurz nach Kriegsende mit auf das Gut gebracht. In jenen schlechten Zeiten gab es wenig zu kaufen. Außerdem herrschte Ebbe in der Haushaltskasse.

Der Onkel fand den staubigen, abgemagerten und total verängstigten Welpen bei amerikanischen Besatzungssoldaten und packte ihn kurzerhand in seinen Rucksack. Er konnte nicht ahnen, zu welch außergewöhnlicher Persönlichkeit sich der gemauste Hund entwickeln würde.

Hunde sind nachtragend, was Erfahrungen in ihrer frühesten Jugend anbelangt. Niemals vergessen sie schlimme Erlebnisse während ihrer Prägungsphase.

Als ich von seiner Herkunft erfuhr, verstand ich seine Abneigung – man konnte es schon als Hass bezeichnen – gegenüber allen Uniformierten. Sonst die Sanftmut in Hundeperson stürzte sich Struppi, die Schnauze weit aufgerissen, die Lefzen zurückgezogen, wie ein Berserker auf alles, was Uniform trug. Er kläffte, schnappte und biss in jedes Hosenbein, in jeden Stiefel. Er brachte sich vor Giftigkeit fast um.

Die Leidtragenden seiner von Menschen zu verantwortenden „Fehlentwicklung" blieben Zeit seines Hundelebens vor allem die bedauernswerten Briefträger.

Doris

„Sie bekommt schon wieder Junge!"
Meine drei Jahre ältere Cousine Doris umarmte mich. An ihren langen, flachsblonden Haaren konnte man gut ziehen, vor allem dann, wenn sie zu Zöpfen geflochten waren.
„Hallo Streuselkuchen!"
Sie konnte es nicht lassen, mich zu hänseln! Mein verhasster Spitzname, den ich mir wegen meines unersättlichen Appetits auf dieses Hefegebäck eingehandelt hatte. Wir versäumten keine Gelegenheit, uns gegenseitig zu schikanieren, war der Anlass des Streites auch noch so nichtig.

Trotzdem, oder vielleicht gerade deshalb, spielt sie in meinen Erinnerungen eine bedeutsame Rolle.
Doris war augenscheinlich der Liebling ihres Opas, was ihr ohnehin schon ausgeprägtes Selbstbewusstsein weiter stärkte und mich ein wenig eifersüchtig machte.
Wenn sie von früher plauderte, hörte ich ihr aufmerksam zu:
„Mein Vater diente, als ich klein war, als Berufssoldat im Krieg. Ich vermisse ihn nicht sonderlich, ich hatte ja meinen Opi und fühlte mich wohl auf dem Heckerhof. Dann war der Krieg vorüber.
‚Wir ziehen nach Düsseldorf. Ich habe dort Arbeit gefunden', erklärte mir Vater eines Tages.
Weg von Eitorf, nach Düsseldorf? Für mich unvorstellbar!
Das Leben in der Großstadt war mir unerträglich. Kannst du das nachempfinden? Graue Häuserfronten statt grüner Bäume, stinkende Autos statt

Pferdefuhrwerke, Opi weit weg, kein Struppi, keine Tiere, keine Freunde – das Heimweh nach Eitorf brach mir fast das Herz. Ich schrie fortwährend und war durch keine noch so gut gemeinte Maßnahme zu beruhigen. Meinem hilflosen Vater fiel zuletzt nichts Besseres ein, als mich kopfüber ins kalte Wasser der Badewanne zu tauchen.

‚Das kalte Wasser wird sie zur Vernunft bringen', so hoffte er vergebens.

In ihrer Verzweiflung griff meine Mutter zum Telefon und rief Opi in Eitorf an. Opi, ein Mann schneller Entschlüsse, zögerte nicht. Einige Tage später stand er vor der Wohnungstür. Ich hatte das Telefongespräch belauscht und wartete schon gespannt an der Haustür, als es schellte.

‚Opi, Opi!'

Ich umklammerte Großvaters Bein und ließ es nicht mehr los.

Dieser traf seine Entscheidung und verkündete sie kurz und bündig der Familie:

‚Das Kind kommt mit mir!'

Er duldete keinen Widerspruch und ließ sich nicht auf Diskussionen mit meinen Eltern ein.

Mit der Eisenbahn fuhren wir zurück nach Eitorf. Ich war einfach nur glücklich. Unter der Obhut von Dienstmädchen und Haushälterinnen in der Geborgenheit des Heckerhofes blühte ich auf."

„Hast du deine Eltern und deine Geschwister nicht vermisst?", unterbrach ich Doris.

„Überhaupt nicht!"

„Und die Schule? Die Schulpflicht galt doch wohl auch für dich!"

„Ja, darum kamen auch wir Kinder vom Heckerhof nicht herum. Ich erinnere mich noch gut an meinen ersten Schultag. Ich wurde zusammen mit Werner Bürger eingeschult. Mit dem Ranzen auf dem Rücken machten wir uns auf den langen Weg zur Schule. Dort erwartete Rektor Dellwo uns I-Dötzchen. Er war ein guter Freund von Opi.

‚Pass mir auf die Doris auf!', hatte Opi Werner noch nachgerufen.

Die Blase drückte, und Werner musste vorm Betreten der Klasse aufs Klo.

Die Gelegenheit zur Flucht! So schnell ich konnte, rannte ich zum Heckerhof zurück. Dort wurde ich schon erwartet. Mein Ausreißen war dem Rektor nicht verborgen geblieben, der seinen Freund Franz telefonisch informierte.

Ich wusste, dass ich bei Opi mit Davonlaufen nicht durchkam. Also versteckte ich mich im dem alten, nicht mehr genutzten Hundezwinger hinter dem Leutehaus.

Kein Mensch würde darauf kommen, mich dort zu suchen, da war ich mir sicher. Doch ich hatte nicht bedacht, dass Opi die geheimen Unterschlüpfe der Kinder kannte. Du weißt ja, er spielte abends zusammen mit den Erwachsenen und Kindern Verstecken. Von der Treppe des Gutshauses aus beobachtete er das Geschehen."

„Ja, ich erinnere mich gut. Auf dem weitläufigen Hofgelände wurden nicht immer alle gefunden. Wir hatten vereinbart, dass sich der Letzte mit dem Ruf ‚Die Erdbeeren sind reif' aus seinem Versteck meldete", lachte ich.

„Kurz und gut: Opi nahm mich bei der Hand und brachte mich zur Schule zurück.

‚Weglaufen gilt nicht!', sagte er.

So musste ich an diesem Tag den langen Weg ins Dorf viermal zurücklegen.

Widerwillig fügte ich mich in das Unvermeintliche. Doch der Tornister blieb zuhause verschlossen. Ich weigerte mich, Hausaufgaben zu machen. Selbst Opi schaffte es nicht, mich umzustimmen. So beratschlagte er sich mit seinem Freund Dellwo.

Mit seiner langjährigen pädagogischen Erfahrung hatte dieser den rettenden Einfall:

‚Die Klasse macht einen Ausflug aufs Land.'

Im Garten hatte Opi Getränke und Kuchen auftischen lassen und sich mit Petrus verbündet, der uns die Sonne schickte. Tiere, Gutshaus, Felder und Wald – meine Klassenkameraden kamen aus dem Staunen nicht heraus.

Von diesem Tag an war das Eis gebrochen. Ich wurde in der Klasse anerkannt und war für meine Mitschüler nicht länger ein Fremdling vom Lande."

Die Koffer wurden in der Eingangshalle des Gutshauses abgestellt. Opa entschwand mit Vater im Büro. Wir waren in die Freiheit entlassen:

Ich schaute mich suchend um: Wo waren Onkel Elmar, meine Cousine Christa und unsere Freunde: Norbert, Wilfried (Fips), Rainer (Spatz), Werner (Dummo), Mädi, Waltraud und Gisela?

Onkel Elmar

Mein Onkel, der jüngere Bruder meines Vaters, war als „Fahnenflüchtling" vom Krieg verschont geblieben. Erst viel später erfuhr ich von der Dramatik dieser Rettungsaktion.

Elmar hatte seinen Einberufungsbescheid auf Geheiß von Opa ignoriert. An den „Führer" hatte Großvater nie geglaubt. Er würde Hitler nicht auch noch seinen jüngsten Sohn opfern!

Eines Tages, kurz vor Kriegsende, schlugen Feldjäger mit ihren Gewehrschäften gegen das Portal des Gutshauses.

„Aufmachen! Wir suchen Elmar Hördemann!"

Die Bewohner wurden rücksichtslos beiseite gedrängt und das Haus vom Dach bis in den Keller nach dem Deserteur durchsucht.

Doris erinnerte sich noch genau an dieses Ereignis – an den Anführer des Trupps, an sein feistes Gesicht mit den kleinen, kalten Schweinsaugen, seinen rüden Ton, der keinen Widerspruch zu dulden schien.

Das Kellergewölbe war ein Labyrinth aus schmalen, winkligen Gängen, dunklen Ecken, Koben und feuchten Räumen. Dort lagerten neben Kartoffeln, Brennholz und Eingemachtem Briketts. Unter den Kohlen nachzusehen, kam den Feldjägern nicht in den Sinn. Die Fantasie in den Gehirnen ihrer engstirnigen Schädel reichte nicht aus, sich auszumalen, dass sich dort jemand versteckt halten könnte. Unverrichteter Dinge zogen sie von dannen.

So wurde Elmar dem Zugriff der Wehrmacht entzogen und vor einem sinnlosen Tod bewahrt.

Woher Opa Wind von dem Kommando bekommen hatte – darüber fiel niemals ein Wort.

Elmar besuchte in Bonn die Landwirtschaftsschule. Albert Haupt, der Vorarbeiter, meinte, dies sei alles unnützer Kram.

„Die beste Schule ist immer noch das Feld, der beste Lehrmeister die Forke!", so seine Meinung.

Schulz sollte Elmar morgen mit der Kutsche vom Bahnhof abholen. Opa brauchte seinen Sohn bei der Ernte.

Wir Kinder verstanden uns blendend mit Elmar und hatten ihn zu unserem Lieblingsonkel befördert. Mit ihm konnte man Pferde stehlen. Immer war er gut gelaunt und zu Späßen aufgelegt. Bald sollte er den Hof übernehmen. Doch dazu kam es nicht …

Die Hofgemeinschaft

Auf dem Gut hatten drei Familien mit ihren Kindern nach der Flucht aus dem deutschen Osten Zuflucht gefunden.

Familie Schulz hatten die Russen aus Ostpreußen vertrieben. Jetzt betreute Herr Schulz die Pferde des Gutes, so wie er es in seiner Heimat gewohnt war.

Er redete nicht viel. Schade, ich hörte den Dialekt so gerne.

Die grau gelockten Haare schauten seitlich unter seiner blauen Schirmmütze hervor. Mit schleppenden Schritten, die Schultern nach vorne gebeugt, als trage er die gesamte Last dieser Welt, ging er langsamen Schrittes auf den Pferdestall zu. Die breite, hängende Unterlippe und große Tränensäcke unter den wässrig blauen Augen verliehen seinem Gesicht einen traurigen Ausdruck.

Im Stall, bei den Pferden, fühlte er sich zuhause. Leise sprach er auf sie ein, während er sie striegelte. Sie vertrauten ihm und schubsten ihn sanft mit der Schnauze. Selbst der wilde Fuchshengst ließ sich von ihm die Stirn kraulen.

Zu seiner Familie zählten neben zwei erwachsenen Söhnen, Horst und Heinz, der kleine „Nachkömmling" Dieter sowie die Töchter Mädi, Gisela und Waltraud.

Die große Familie mit ihren sechs Kindern lebte über dem Pferdestall in einer kleinen Gesindewohnung. Bei der Enge der Behausung musste man zusammenrücken. So blieb für die Großmutter kein Platz mehr am Esszimmertisch. Mit einem Messer in der Hand – Gabel oder Löffel brauchte sie nicht – saß sie auf einer Treppenstufe und nahm dort die Mahlzeiten zu sich.

Geschlafen wurde auf Strohsäcken, die während der Nachtruhe in der Mitte auskuhlten und morgens aufgeschüttelt werden mussten.

Zur Feier des Tages lieferte der Bäcker samstags Bleche mit Butterkuchen.

Wie den Kuchen bis zum Sonntagsnachmittagskaffee vor gierigen Kindermäulern schützen?

Frau Schulz wusste Rat. Eingepackt in Fettpapier versteckte sie den Kuchen unter den Strohsäcken im Bett. Hier wähnte sie die Leckereien vor diebischen Händen sicher.

Im Kreis dieser Familie fühlte sich Doris geborgen. Sie lauschte gespannt den Märchen und Gruselgeschichten, die Frau Schulz ihren Kindern erzählte.

Opa achtete auf Distanz zu seinem Personal. Für ihn war ein zu enger Umgang seiner Familie mit dem Gesinde ein Dorn im Auge.

Vielleicht ist er auch nur eifersüchtig?, dachte ich mir. Jedenfalls verbot er seiner Enkelin diese Besuche.

An Verbote hat sich Doris bis heute noch nie gehalten. Sie fand immer Wege, sei es durch den Pferdestall oder über den Heuschober, um von Opi unbemerkt zu „ihrer Familie" zu gelangen.

Wilfried, genannt Fips, der jüngste der drei Söhne von Frau Hauser, war gleichen Alters wie Gerd und ich. Hausers wohnten im Leutehaus, einem kleinen, eingeschossigen Backsteinbau schräg gegenüber dem Gutshaus. Auch sie hatte es auf der Flucht vor der Roten Armee zum Heckerhof verschlagen. Vater Hauser galt als vermisst, doch Frau Hauser glaubte fest an seine Heimkehr. Vorläufig musste sie ihre Söhne alleine durchbringen und ihnen den Vater ersetzen.

Man sah ihr die Entbehrungen und den Kummer an, den sie bisher in ihrem Leben erfahren musste: klein, abgemagert, tief liegende Augen, die Wangen eingefallen, und doch keine Spur von Bitterkeit oder Resignation; ein Gesicht, das Disziplin, Stolz und einen eisernen Willen widerspiegelte. Eine Frau, vor der ich instinktiv Respekt hatte.

Sie ließ ihren Söhnen nichts durchgehen, erzog sie streng, doch ohne Härte.

Die bescheidene Unterkunft war immer aufgeräumt und peinlich sauber. „Bei Frau Hauser kann man vom Fußboden essen", sagte Tante Kika.

Norbert wollte Maurer werden. Sein älterer Bruder Günter ging in die Schreinerlehre.

Norbert – das war unser Anführer, unser Vorbild!

Nicht nur, weil er der Älteste war. Er kannte alle Geheimnisse des Waldes, konnte die verschiedenen Vogelstimmen täuschend echt nachahmen, wusste, wo die besten Pilze standen, wie man aus Pappelrinde Schiffchen schnitzt und aus Holunderstangen Blasrohre herstellt. Er zeigte uns, wie man Hütten baut und Brennnesseln pflückt, ohne mit den Nesseln in Berührung zu kommen. Die Mädchen nahmen jedes Mal schreiend Reißaus, wenn wir mit diesen Waffen hinter ihnen her waren.

Er war von dem Traum besessen, eines Tages nach Kanada auszuwandern, und paukte in jeder freien Minute englische Vokabeln.

Seine Mutter versorgte das Geflügel auf dem Heckerhof. Goldene Zeiten für das Federvieh! Freilauf und keine Spur von Vogelgrippe.

Unzählige Hühner, weiße und braune, pickten und scharrten unbeschwert nach Herzenslust in dem weiten, eingezäunten Hof, bewacht von zwei stolzen, bunten Hähnen. Sie vertrugen sich gut mit Fridolin, dem Ganter, und Suse, seiner Frau.

Sträucher und Büsche, die vor der prallen Mittagssonne schützen, eine große Wiese mit Tümpeln voller Regenwasser – der Hühnerhof glich eher einer weitläufigen Parklandschaft.

Frau Hauser lehnte es übrigens ab, Gänsen einen Namen zu geben. Ihr Argument:

„Dann kann man sie später nicht schlachten."

Abends mussten alle in den Stall – zu ihrem eigenen Schutz vor Füchsen und Mardern, die Federvieh zum Fressen gern hatten. Zudem kam das Einsperren des Geflügels dem Schlafbedürfnis der benachbarten menschlichen Hofbewohner entgegen, die nicht täglich bereits im Morgengrauen von Hahnengeschrei geweckt werden wollten.

Zutraulich, mit lang gezogenem Gegacker, liefen die Hühner auf Frau Hauser zu, wenn diese mit einer Schüssel voller wohlschmeckender Körner, aus denen die Hühner Eier produzierten, den Hühnerhof betrat. Einige pickten ihr aus der Hand.

Im Stall brütete eine braune Henne über ihrem Gelege. Frau Hauser streichelte ihr über die Federn. Die Glucke ließ sich nicht stören. Im Gegenteil! Sie schien die Berührung zu genießen und gab zufriedene, gackernde Laute von sich.

„Werdende Mütter brauchen viel Liebe."

Frau Hauser sprach aus Erfahrung.

Mit dem Gänserich Fridolin war dagegen nicht gut Kirschen essen. Wenn ich die Gelege der Hühner nach frischen Eiern absuchte, watschelte er mir flügelschlagend entgegen und versetzte mir mit seinem Schnabel schmerzhafte Hiebe. Dabei hatte ich es gar nicht auf Gänseeier abgesehen! Wahrscheinlich war er wütend, dass Kika dem Gänsepaar die frisch ausgebrüteten Küken weggenommen hatte. Vor drei Tagen waren sie aus dem Ei geschlüpft.

„Sie brauchen jetzt vor allem viel Wärme. Auch im Sommer gibt es kühle Nächte."

Mit diesen Worten hatte Kika die Kleinen in einen Pappkarton gepackt und ihn neben den Küchenherd gestellt. Dort sollten sie zwei Wochen in ihrer Obhut bleiben, fernab von den Gänseeltern.

Früher teilten sich Truthähne mit dem übrigen Federvieh Haus und Hof. Truthahnbraten zu Weihnachten – das war langjährige Tradition auf dem Heckerhof.

Zu jener Zeit – Gerd war noch ein kleiner Knirps – wuchsen zwei besonders bösartige Vertreter ihrer Gattung heran. Auf dem Hof wusste man um die Gefahr, die von ihnen ausging, und verurteilte sie vorsorglich zu Festungshaft. Kein Freigang, kein Kontakt zu den entfernten Verwandten – diese Truthähne blieben im Stall! Bis eines Tages – der Übeltäter dieser unverzeihlichen Nachlässigkeit wurde nie ermittelt – die Tür zu ihrem Gefängnis offen blieb.

Der kleine Gerd war unterwegs zum Pferdestall, als er auf dem regennassen, glitschigen Kopfsteinpflaster ausrutschte. Das Unheil nahm seinen Lauf.

Die Riesenvögel, ihrem Kittchen entkommen, stürzten sich in sinnloser Wut auf den Knaben und zerhackten ihm mit ihren scharfen Schnäbeln Kopf, Gesicht und Schultern.

Blutüberströmt und laut schreiend fand man das bedauernswerte Kind. Die Truthähne wurden zum Tode verurteilt. Am darauf folgenden Weihnachtsfest gab es erstmals keinen Truthahnbraten.

★

Familie Bürger hatte Wand an Wand zu Hausers Quartier bezogen. Ihr größtes Vergnügen war das alljährliche Renovieren ihrer Wohnung.

Was eigentlich gar nicht nötig gewesen wäre, fand ich jedenfalls. Sicherlich, der Kohleofen rußte. Doch das sah man den Wänden nicht an.

Herr Bürger klärte mich auf:

„Frischer Kalk an den Wänden hält das Ungeziefer fern."

Spielte das Wetter mit und hatte Verwalter Müller einen freien Tag genehmigt, machten sich die beiden Alten ans Werk. Der Aufwand war gering: Der spärliche Hausrat wurde ins Freie ausgelagert, Herr Bürger schleppte einen Eimer mit weißem Pulver herbei, goss Wasser hinzu und rührte kräftig um – fertig war der Anstrich.

Mit einem breiten Quast trug ihn Bürger auf die nackten Wände auf. Tapeten musste er vorher nicht entfernen. Solch einen Luxus konnten sich die Bürgers nicht leisten.

Innerhalb kurzer Zeit erstrahlten die Zimmer in makellosem Weiß. Jetzt fehlte nur noch Farbe an den Wänden.

„Was nehmen wir dieses Jahr?", fragte Bürger seine Frau, während er in einer Holzkiste nach der passenden Rolle kramte.

Sie entschied sich für Rosenranken. Bürger fand die Gummiwalze mit dem gewünschten Muster. Sobald der Kalkanstrich getrocknet war, wurde „tapeziert": die Gummiwalze in rosa Farbe eingetaucht und auf der Wand abgerollt. Bahn neben Bahn entstand vor meinen staunenden Augen eine prächtige „Blumentapete".

Bürgers hatten drei Kinder: Reiner, Werner – von uns Dummo genannt – und „Dickmadam". *Wie die Tochter zu diesem Spitznamen kam, war unbekannt. Ihr Taufname war Irmgard, und dick war sie auch nicht.*

Rauchen und die Folgen

Für mich stand fest: Die Mädchen hatten uns bei Opa verpetzt! Wer sonst schon könnte so gemein gewesen sein?

Rauchen ist ungesund – das war landläufig bekannt und uns aus diesem Grund und wegen der damit verbundenen Brandgefahr strengstens verboten und unter Strafe gestellt. Erwachsene mussten immun gegen den giftigen Rauch sein.

Opa qualmte genüsslich jeden Abend seine Zigarre. Dabei fiel auch schon mal unbeachtet Asche zu Boden. Vater und Onkel Elmar pafften eine Zigarette nach der anderen. Die Kippen warfen sie achtlos beiseite. So groß konnten Brandgefahr und Gesundheitsrisiko also nicht sein!

Verbote werden erlassen, um übertreten zu werden. In der Welt der Erwachsenen eine stetig sprudelnde Einnahmequelle für den Staat, für uns Kinder der Reiz des Neuen und Unbekannten sowie der Kitzel des Risikos, erwischt werden zu können.

Die passenden Utensilien hatte Gerd in der Schublade seines Nachttisches aufbewahrt: weiße Tonpfeifen, die Weckmänner am Martinstag unter ihrem Hefearm eingeklemmt hielten.

Aber woher sollten wir uns die nötige Füllung besorgen? Kippen aufsammeln?

Diesen Gedanken verwarfen wir schnell wieder bei der Vorstellung, wer alles an den Stummeln genippelt haben könnte. Zu ekelhaft!

„Wir nehmen Kastanienblätter", schlug Gerd vor.

Perfekt! Der ideale Tabakersatz. Großblättrig, ähnlich dunkelbraune Farbe wie echter Tabak, und sie zerkrümelten nicht so leicht wie das Laub der Linden.

Hier oben im Schlafzimmer würde uns niemand vermuten. Die Pfeifen wurden gestopft. Ich hatte von Opa Streichhölzer geklaut.

Das trockene Laub glomm auf. Ich zog an der Pfeife und inhalierte den Rauch tief ein. Den aufkommenden Hustenreiz konnte ich nicht unterdrücken.

„Mensch, Klaus, leise, sonst verrätst du uns!"

Gerd hielt seine Pfeife weltmännisch in der Hand und nahm auch einen tiefen Lungenzug.

Urplötzlich wurde mir übel.

„Lass mich vorbei, mir ist so schlecht."

Mit diesen Worten schubste ich Gerd beiseite und rannte aus dem Zimmer in Richtung Abort.

Es gab im Gutshaus nur die eine Toilette auf halber Höhe des Treppenaufganges. Besetzt! Die Tür verschlossen. Wahrscheinlich hielt Onkel Elmar eine Sitzung ab und las Zeitung. Klopapier gab es nicht. Alte Zeitungen, viereckig zurechtgeschnitten, mit einem Loch versehen und auf Kordel gezogen, dienten als Ersatz und boten außerdem eine willkommene Lektüre bei dieser Art von Geschäften.

„Was ist denn hier los?"

Doris hatte den Lärm mitbekommen.

„Mir ist übel …"

Mir wurde das Wort abgeschnitten. Ich schaffte es nicht mehr ins Freie ...

Doris stürmte die Treppe rauf.

„Ihr habt geraucht, man riecht es. Das sagen wir Opa!"

„Kommt mal her, ihr Bengel!" Opa erwartete uns im Flur. Ich ahnte, was uns jetzt blühen würde. Seine Strafen waren gefürchtet. „Zeigt mir eure Hände!"

Wir hielten unserem Großvater die offenen Handflächen entgegen. Mit zwei Fingern seiner Rechten verpasste er uns die erwartete Strafe. Der Ringfinger und der kleine Finger waren versteift. Opa konnte sie nicht mehr strecken. Umso größer die Kraft des Schlages der gesunden Finger.

„Stubenarrest! Ihr schreibt mir einen Aufsatz: ‚Rauchen, Rauchen.' Ordentliche Schrift, fünf Seiten!"

Mit diesen Worten wurden wir entlassen.

Mir stiegen Tränen in die Augen.

„Männer weinen nicht – reiß dich zusammen!"

Gerd stieß mir den Ellenbogen in die Seite.

Abends im Bett sannen wir auf Rache. Die Saat der Feindschaft zwischen den Geschlechtern begann zu keimen. Ich hatte einen Einfall. Bald würden wir meinen Plan in die Tat umsetzen ...

„Hat jemand Gabi gesehen? Niemand hatte bei dieser Aufregung auf meine kleine Schwester geachtet. „Gabi, Gabi!"

Kika bekam keine Antwort.

Sie wurde unruhig, schließlich fühlte sie sich für meine kleine Schwester verantwortlich.

„Es wird ihr doch nichts passiert sein? Ihr sucht im Haus, ich sehe im Garten nach. Elmar, lauf mal zum Kuhstall, vielleicht besucht sie die Kälbchen."

Unter dem Tisch, im Bügelzimmer, in der Leutestube – keine Spur von Gabi.

„Vielleicht ist sie ja oben", vermutete Gerd.
Wir stiegen die Treppe empor.
„Seid mal still, ich höre etwas."
Ich legte den Zeigefinger auf meinen Mund. Im Treppenhaus war ein leises Weinen zu vernehmen. Das Geräusch musste aus dem Etagenklosett kommen. Ich eilte hinauf und rüttelte an der Türklinke. Die Tür war verschlossen.

„Lasst mich hier raus, ich bekomme die Tür nicht auf!"

Da steckte sie also! Gabi hatte sich eingeschlossen.

„Du brauchst nur den Schlüssel nach links drehen", erklärte ich ihr.

„Es geht nicht", weinte Gabi.

Was tun? Die Tür aufbrechen? Auch die Tante war ratlos. Wir mussten Opa verständigen.

„Herrgott noch mal! Ist das denn hier ein Irrenhaus? Holt den Zolper!", schimpfte Großvater ungehalten.

(Als habe der liebe Gott nichts Wichtigeres zu tun, als sich um eingeschlossene Mädchen zu kümmern.)

Zolper, wie stets die Ruhe selbst, hatte schon heiklere Situationen gemeistert.

„Die Tür lassen wir heile, wir steigen durchs Fenster", beschloss Onkel Otto.

Um die Problematik dieser Aktion verstehen zu können, muss man wissen, dass Wohngebäude, insbesondere Gutshäuser, zur damaligen Zeit höher und größer waren, als man sie heutzutage baut. Bei einer Deckenhöhe von drei Metern mussten sechs Meter überwunden werden, um das Klofenster zu erreichen. Zusätzlich erschwerte die extreme Hanglage des Gutshauses das Aufstellen einer Leiter. Und – Klofenster sind im Allgemeinen schmal und niedrig.

Zolper und Schulz lehnten die Leiter an die Außenwand des Gebäudes. Ihre Konstruktion glich eher einer Brücke in Schieflage als einer aufgestellten Leiter. Sie bog sich bedrohlich durch, als Onkel Otto

Sprosse um Sprosse nach oben kletterte. Schulz und Elmar sicherten die Leiter von unten.

„Geht nicht, da pass ich nicht durch. Holt den Albert!", rief Herr Zolper von oben herab.

Albert Haupt passte. Er war zwar schon alt, aber klein, schmal und drahtig.

Mit den Beinen voran verschwand er in der Fensteröffnung. Kurze Zeit später gab das widerspenstige Schloss nach, die Klotür öffnete sich und Gabi war aus ihrer misslichen Lage befreit.

„Und das alles wegen der schinanten Damenwelt!", schimpfte Opa.

Das Türschloss hatte er erst auf Drängen seiner Schwiegertochter einbauen lassen, die bei einer doch sehr intimen Verrichtung keinesfalls gestört werden wollte.

Mit diesem Etagen-Wasserklosett hatte es seine besondere Bewandtnis. Immer wieder sorgte die Errungenschaft moderner Sanitärtechnik für Ärger im Haus. So auch beim Nikolausfest im vergangenen Dezember, einem der Höhepunkte im Kalenderjahr.

In freudiger Erwartung hatte sich die Familie im Gesellschaftszimmer versammelt, als es gegen die Tür polterte.

Mit seiner hohen Mitra, einem samtroten Umhang, dem Bischofsstab in der Rechten, unter dem linken Arm das goldene und schwarze Buch eingeklemmt, betrat Nikolaus schweren Schrittes das Wohnzimmer.

Aber oh Schreck! Er hatte Knecht Ruprecht mitgebracht! Aus dem Sack auf dessen Rücken baumelten kniestrumpfbewehrte Kinderbeine! Obwohl ich den Nikolaus kannte – Onkel Jupp, der Sohn von Rektor Dellwo, schlüpfte jedes Jahr in dessen Rolle –, schlotterten mir die Glieder vor Angst. Doris kuschelte sich an ihren Opa.

Nikolaus blätterte im schwarzen Buch und seufzte. Die Liste der Schandtaten, die er verlas, war endlos. Was hätten wir auch anderes erwarten können!

Die Reihe kam an Opa. Ich blickte ungläubig auf:
„Opi? Im schwarzen Buch?"

Nikolaus räusperte sich und verlas mit tiefer Stimme:

„Franz Hördemann hat zum wiederholten Mal seinen Schlüsselbund ins Klo fallen lassen!"

Betretenes Schweigen. Opa hüstelte. Seine Nase erglühte, er kratzte sich am Kinn. Peinliche Angelegenheit! Zwar wusste jeder im Raum von seinem Missgeschick, doch wer hatte dem heiligen Mann von dem Malheur erzählt?

Um die Schwere seiner Schuld ermessen zu können, muss man mit der Konstruktion der Klosettanlage des Heckerhofes vertraut sein:

Der neuen Zeit entsprechend war das Klo mit einem Keramikbecken, Wasserspülung sowie einer Waschgelegenheit ausgestattet. Auch die Klobürste fehlte nicht. Aber es blieb doch ein Plumpsklo!

Nach verrichtetem Geschäft fielen die Hinterlassenschaften durch ein sechs Meter langes Fallrohr direkt in die neben dem Haus befindliche Jauchegrube.

Da Schlüssel bekanntlich nicht schwimmen können, blieb nichts anderes übrig, als die Grube bis zu ihrem Grund auszuheben. Und dies nicht nur einmal, sondern bis zu dreimal im Jahr! Die leidtragenden Angestellten konnten ein Lied davon singen.

Verglichen mit dieser unentschuldbaren Unaufmerksamkeit erschienen unsere Schandtaten als lässliche Sünden.

Die Fassade des Gutshauses hatte im Laufe der Jahrzehnte Risse bekommen. An vielen Stellen war die Farbe abgeblättert, der Putz brüchig und hier und da herausgebrochen.

Dort, wo Sonnenstrahlen das Mauerwerk erwärmten, wohnten sie in bemerkenswerter Anzahl unter dem Schutz von großblättrigen Efeuranken:

Spinnen! Prachtexemplare mit dickem Bauch und besonders langen Beinen.

Man brauchte sie nur mit Strohhalmen aus ihrem Versteck hervorzukitzeln, und schon krabbelten sie aus den Fugen.

Vor nichts in der Welt gruselte sich Doris mehr als vor Spinnen. Allein der Anblick der Tierchen löste bei ihr regelmäßig Panikattacken aus.

So verschüttete sie einmal beim Mittagessen ihre Suppe, als sie ein solches Untier die Tischdecke hochkrabbeln sah.

„Opi, eine Spinne, eine Spinne!"

„Sei nicht albern, die tut dir nichts."

Opa hatte kein Verständnis für ihre Aufgeregtheit.

Ein hässlicher, brauner Fleck verunzierte die Decke, und Kika war sauer.

Die günstigste Zeit für die Jagd auf Spinnen war die Mittagsstunde. Opa hielt dann sein Schläfchen und Dora, das Dienstmädchen, war in der Küche mit dem Abwasch beschäftigt.

Wir hatten uns eine leere Zigarrenkiste beschafft.

„Wenn sich eine zeigt, musst du sie vorsichtig mit zwei Fingern fassen. Nicht zu fest drücken, sonst machst du sie kaputt!"

Gerd hatte scheinbar schon Erfahrung mit der Spinnenjagd.

Die erste Spinne ! Unter einem Efeublatt hatte ich sie entdeckt. Mit einiger Überwindung fasste ich sie und sperrte das Krabbeltier in die Kiste. Spinne auf Spinne geriet in Gefangenschaft.

„Es reicht. Wir haben genug."

Gerd klappte den Deckel zu. Auf leisen Sohlen schlichen wir die Treppe hinauf. Dabei zählten wir die Stufen. Die dritte und die neunte knarrten und mussten mit einem großen Schritt überstiegen werden. Nebenan schnarchte Opa. Er bemerkte uns nicht.

„Schlag die Bettdecke auf, zuerst die von Doris!"

Behutsam setzte Gerd Spinne um Spinne auf das Bettuch.

„Schnell zudecken, sonst laufen sie weg!"

„Ersticken sie nicht?", zweifelte ich am Erfolg unserer Aktion.

„Ach was, die sind zäh", blieb Gerd zuversichtlich.

Danach wurde das Bett von Christa „präpariert".

An diesem Nachmittag kroch die Zeit nur so dahin. Wir konnten den Abend kaum erwarten.

„Wir sind müde, wir gehen schlafen", verabschiedeten wir uns zu ungewohnt früher Stunde.

Wir mussten unbedingt vor den beiden Schwestern in unserem Schlafzimmer sein.

Opa blickte kurz auf.

„Das kommt vom Rauchen. Gute Nacht."

Er widmete sich weiter der Lektüre seines Buches.

Endlich! Wir hörten Christa und Doris lachend die Treppe emporsteigen.

„Das Lachen wird ihnen gleich vergehen", freute ich mich in Erwartung der kommenden Ereignisse.

Die Tür zum Nebenzimmer quietschte. Das Licht wurde angeknipst. Es raschelte.

Aha, dachte ich, *die Cousinen ziehen ihre Nachthemden an*. Bald würden wir den Lohn für unsere Mühe ernten.

„Hilfe! Hilfe! Spinnen, überall Spinnen!"

Doris rannte schreiend aus dem Schlafzimmer. Christa konnte ihre Schwester nicht aufhalten.

„Das bekommt ihr zurück, ihr gemeinen Kerle!"

Damit mussten wir gemeint sein.

Onkel Elmar eilte zu Hilfe.

„Regt euch nicht so auf, die Tiere sind harmlos, sie beißen nicht."

Mit einer Fliegenklatsche erlegte er die flüchtenden Spinnen.

„Das waren Gerd und Klaus!"

Doris konnte sich nicht beruhigen.

Schon wieder petzen! Hatte sie denn nichts dazugelernt?

Wir hatten bei unserem Onkel jedoch noch einen Stein im Brett.

„Nein, das glaube ich nicht. In einem alten Haus gibt es nun mal viel Ungeziefer. Bestimmt sind sie am Efeu hochgeklettert", versuchte Onkel Elmar, seine Nichten zu beschwichtigen.

Doris träumte wahrscheinlich in dieser Nacht von Spinnen, die ihr über das Gesicht krabbeln.

Im Zimmer nebenan wurden die Betten mehrmals aufgeschüttelt, dann trat Ruhe ein. An diesem Abend erklangen keine Lieder.

Zufrieden schliefen wir ein. Rache ist süß.

Schnee auf den Alpen

Gabi ist krank. Hohes Fieber, 39⁰ C!

„Der Doktor muss kommen!"

Opa blickte besorgt auf die vom Fieber geröteten Bäckchen seiner kleinen Enkelin.

Dr. Leven war der einzige Arzt im Dorf. „Praktischer Arzt und Geburtshelfer" stand auf seinem Praxisschild.

Seine Zuständigkeiten: blutende Wunden, rostige Nägel in Fußsohlen, Hornissenstiche – sieben davon sollten ein Pferd töten können! Dr. Leven zog, nähte, verband, gab schmerzhafte Spritzen, verordnete die wirksame Arznei.

Er war unentbehrlich, eine Respektsperson, hochangesehen im Dorf. Auch bei den Bauern hatte er sich einen Namen gemacht; ersetzte er doch in Notfällen auch den Veterinär.

So wie anlässlich der Hausgeburt von Dieter.

Frau Schulz lag in den Wehen. Die Familie wohnte direkt über dem Pferdestall. Jupp und Rosa, die beiden Kaltblüter, bekamen von dem menschlichen Drama über ihnen nichts mit und malmten ihren Hafer.

Frau Schulz stöhnte und Hebamme Elisabeth geriet ins Schwitzen.

„Ein Sternengucker mit viel zu großem Kopf! Wir müssen die Mutter ins Krankenhaus bringen."

Es gab ein Problem: Die Türen zur Schulz'schen Wohnung waren schmal und niedrig.

„Da passt sie nicht durch! Ruft Dr. Leven, alleine schaffe ich es nicht!", rief die Hebamme verzweifelt.

Kurze Zeit nach Eintreffen des Doktors ertönte der erlösende Schrei des Neugeborenen. Dieter war da! Alles gut gegangen.

Plötzlich kündigte sich ein weiteres Drama an. Heinz riss die Tür auf und schrie:

„Herr Doktor, schnell, die Jolanta verferkelt!"

Er warf nur einen kurzen Blick auf seinen schreienden Bruder – das Leben musste schließlich weitergehen – und zog den Doktor am Ärmel zum Schweinestall.

Sau Jolanta stieß lang gezogene Grunzlaute aus. Ein Ferkel hatte sich in der Gebärmutter verklemmt. Kein Problem für den Doktor. Lachend befreite der Menschenarzt das rosa Schweinchen aus seiner misslichen Lage. Die restlichen fünf Ferkel purzelten ohne ärztliche Hilfe aus dem Bauch ihrer Mutter.

Mit diesem Ereignis stieg das Ansehen von Dr. Leven bei den Landwirten endgültig ins Unermessliche.

Der Renault des Doktors fuhr vor. Struppi und Bodo liefen ihm laut bellend entgegen.

Der Arzt fuhr eines der wenigen Autos in Eitorf. Die Wagentüren öffneten sich bei diesem Nachkriegsmodell „verkehrt" herum, sie klappten nach hinten auf. Das war sehr praktisch zum Ein- und Aussteigen, aber auch gefährlich bei Gegenwind, weshalb diese Konstruktion später verboten wurde.

Anzug, Fliege um den weißen Hemdkragen gebunden, scharf geschnittenes Gesicht, strenger Blick der eisgrauen Augen hinter der Nickelbrille, die wenigen verbliebenen weißen Haare gescheitelt und über die doch nicht zu verbergende Glatze gekämmt – der Doktor muss eitel sein –, betrat der Arzt die Empfangshalle und hängte seinen Hut an den Garderobenhaken.

„Dann schauen wir mal. Wo ist denn unsere Patientin?"

Dr. Leven folgte uns die knarrende Holztreppe empor. Struppi ließ den Fremdling nicht aus den Augen, knurrte und zog die Lefzen zurück.

„Doris, schaff den Köter weg!", befahl Opa.

Im Krankenzimmer übernahm Dr. Leven das Kommando:

„So, mein Kind, Mund auf, zeig mir deine Zunge, sag Aaaa! Mm, ich kann nichts sehen. Holt mir einen Löffel!"

Ich rannte in die Küche und besorgte das angeforderte Hilfsinstrument.

„Weiter auf!" Dr. Leven drückte Gabis Zungengrund mit dem Löffelstiel zurück. „Da haben wir ja die Übeltäter! Mandeln wie die Alpen im Winter!"

Er war sich seiner Diagnose sicher: eitrige Angina!

„Keine Sorge! Das bekommen wir schon hin", beruhigte der Arzt unseren Opa. „Dreimal täglich von dem Saft, Bettruhe und Wadenwickel!", lautete seine Verordnung.

Gabi hatte Glück. Das Penicillin war schon entdeckt. Es blieb jedoch vorerst nur für die Wohlhabenden erschwinglich.

„Ich schaue übermorgen noch mal nach der Patientin."

Dr. Leven verabschiedete sich und tippte mit dem Finger an seine Hutkrempe.

„Einen Schnaps, Herr Doktor?", fragte Opa.

„Nee, danke, lassen Sie mal, Herr Hördemann, der Tag ist noch lang."

Der Renault mit Doktor Leven entschwand hinter einer dichten Staubwolke.

Kranke genossen in der Familie überlicherweise Privilegien, besondere Beachtung und Zuwendung.

Das machte mich diesmal fast schon ein wenig eifersüchtig.

Kika eilte mit einer weißen Emailleschüssel ans Krankenbett. Das kalte Wasser schwappte über den Rand. Baumwollwindeln wurden eingetaucht und ausgewrungen. Wo sie die nur aufgetrieben hatte?

Sie schlug die Bettdecke zurück und wickelte die nassen Tücher um Gabis Waden.

„Igitt, ist das kalt", protestierte sie gegen die rustikale Behandlung.

Kika duldete keine Widerreden:

„Sei tapfer, du hast ja gehört, was der Doktor gesagt hat!"

Struppi stellte die Ohren auf.

Was machen die da mit meinem Frauchen?, schienen seine braunen Hundeaugen zu fragen.

Alle dreißig Minuten wurden die Wickel gewechselt. Die Anzeige auf dem Fieberthermometer sank.

Struppi hielt Krankenwache. Er wich nicht von Gabis Bett. Die Sorge um sie war ihm auf den Magen geschlagen. Er fraß nicht und hatte anscheinend auch keinen Durst. Ab und zu stellte er sich auf die Hinterpfoten und leckte Gabi übers Gesicht. Jeder, der sich ihrem Krankenbett näherte, wurde misstrauisch beäugt und leise angeknurrt.

Ein paar Tage später blickte Dr. Leven zufrieden auf und stellte fest:

„Der Schnee auf den Mandeln ist geschmolzen."

Was zur Folge hatte, dass die gewohnte Frechheit der genesenen Patientin zurückkehrte.

„Streuselkuchen, Streuselkuchen", neckte sie mich.

Den Spitznamen hatte sie von Doris aufgeschnappt. Ich hörte gar nicht hin.

Sie durfte nun wieder aufstehen und genoss es, von jedermann verwöhnt zu werden.

✯

„Kika, bekomme ich einen Puppenwagen?", blickte Gabi erwartungsvoll zu ihrer Tante auf.

„Was willst du denn damit?" Die Tante bekam keine Antwort. „Nein, Gabi, einen Puppenwagen, so etwas gibt es hier nicht. Doch, da fällt mir ein, auf dem Speicher müsste noch der Kinderwagen von Elmar stehen. Oma hat immer alles aufbewahrt. Dora, schau doch mal nach."

Widerwillig stieg Dora die Wendeltreppe zum Dachboden hinauf. Sie fürchtete sich vor Mäusen, die hier hausten.

„Kommt ihr mit?", blickte sie sich fragend nach Gerd und mir um.

Offensichtlich hoffte sie auf männlichen Beistand.

Der Dachboden diente als Abstellkammer und Vorratsraum zugleich. Durch die nackten Ziegel drangen vereinzelt schmale Lichtstrahlen ins Innere. Staub, Spinnweben und der Duft von Geräuchertem hingen in der Luft.

An langen Schnüren baumelten Schinken und Würste von den Dachbalken herab. So konnten Mäuse die verlockenden Leckereien nicht erreichen.

In einem Winkel stießen wir auf einen Stapel alter Stühle. Sie waren von Spinnweben überzogen, die eingelassenen Stoffkissen von Motten durchlöchert.

„Hier ist etwas!"

Unter all dem Gerümpel hatte Gerd das Rad eines Kinderwagens entdeckt. Dora kramte das Gefährt hervor: ein weißes Weidengeflecht, die Farbe stellenweise abgeblättert, mit vier Rädern, die sich drehen ließen, sogar passende Kissen fanden sich.

„Der ist bestimmt von Onkel Elmar, als er noch ein Baby war. Nee, was die Oma alles aufbewahrt hat!"

Wir stellten uns den Onkel im Kinderwagen vor und hielten uns den Bauch vor Lachen.

Die Expedition auf dem Speicher war erfolgreich beendet. Die Tür rastete ins Schloss.

„Keine Mäuse!"

Dora seufzte erleichtert auf.

Doch die hatten sich nur versteckt! Ich war sicher, dass sie auf dem Dachboden hausten. Jeden Abend, beim Einschlafen, hörte ich sie über die Zimmerdecke hinweg huschen und trippeln.

Im Traum nagt sich zuweilen bis zum heutigen Tag eine Maus durch die Decke und fällt auf mein Bett. Ich ziehe mir dann die Decke bis weit über die Ohren.

Nun hatte Gabi ihren Puppenwagen, aber eine Puppe fehlte! Sie war dennoch zufrieden.

„Ich brauche keine Puppe. Struppi, mach Hopp!"

Mit einem Satz sprang der Hund in das ihm unbekannte Gefährt. Sein Urvertrauen schien grenzenlos. Gabi deckte ihn liebevoll zu, bis nur noch der wuschelige Hundekopf zwischen den Kissen herausschaute. Stolz schob Gabi ihren Wagen in Richtung Kuhstall.

„Komm, Struppi, wir besuchen Herrn Begel."

Herr Begel war Herr über die Kühe des Gutes. Großvater direkt unterstellt stand er außerhalb der Weisungsbefugnis des Verwalters. Wie viele bedeutende Persönlichkeiten der Geschichte war er nicht groß gewachsen – eher untersetzt und stämmig gebaut.

Die Bedeutung seiner Person unterstrich eine Mütze mit schwarzem Schirm und Goldkordel, die er nur beim Melken abnahm. So wusste jeder, wer vor ihm stand: ein Schweizer, ein ausgebildeter Melker!

Er trat an den Kinderwagen, an der Hand seine kleine Tochter Rosemarie, drei Jahre alt – ein Abbild des Vaters: das gleiche kugelrunde Gesicht, dieselben wachen, schwarzen Augen.

Astor, sein Schäferhund, beschnupperte höchst interessiert den Inhalt des Kinderwagens. Mit Damenbesuch hatte er nicht gerechnet. Struppi rührte sich nicht von der Stelle.

„Wen haben wir denn da?"

Der Schweizer nahm Gabi auf den Arm und schaute in den Wagen.

„Das ist der Struppi, er war sehr krank. Jetzt braucht er viel frische Luft und Sonne, hat der Doktor gesagt", erklärte ihm Gabi.

Herr Begel lachte.

„Na, dann komm mal mit. Ich habe eine Überraschung für dich."

Er stellte Gabi auf den Boden zurück und nahm sie bei der Hand. Struppis Geduld war am Ende. Mit einem Satz raus aus seiner ungewohnten Behausung verschwand er mit Astor um die Ecke.

Die 23

Kühe sind besonders nützliche Haustiere. Einige von ihnen tragen einen Namen, andere nur eine Nummer. Sie spenden uns ihre Milch, sorgen für den allwöchentlichen Sonntagsbraten, ihre Haut wird zu Leder, der Schwanz der Ochsen zu Leckerlies für Hunde.

Was hinten bei ihnen rauskommt, düngt die Felder und gibt der Erde neue Kraft. Zudem sind sie von sanftem Gemüt, zumindest die meisten von ihnen ...

Seine Schwarzbunten waren Opas ganzer Stolz. Jeden Herbst, nach der großen Zuchtschau im fernen Niedersachsen, brachten sie Medaillen, Siegerplaketten und Pokale für die beste Milchleistung und den vollkommensten Körperbau mit in den heimischen Kuhstall und überhäuften ihren Besitzer mit Ruhm und Ehre.

Dort schmückten die Trophäen die Regale in der Milchküche.

Die Bestände des Heckerhofes waren – zur damaligen Zeit die große Ausnahme – frei von Tuberkulose. Ihre Milch konnte frisch und ungekocht getrunken werden.

Eine Brettertür mit quietschenden Angeln gab den Zugang zum Kuhstall frei. Die Luft war angefüllt mit dumpfen Geräuschen: dem trägen Mahlen der Wiederkäuer und einer süß-scharfen Geruchsmischung aus Rindern, Milch und Dung. Ab und zu zitterte ein Brummen durch die langen Reihen, eine Kette klirrte, ein Kuhschweif peitschte mit sausendem Schlag die lästigen Fliegen von den zuckenden Flanken.

Begel kannte jede Kuh mit Namen, wusste um ihre Eigenarten und Macken. Und sie kannten ihn. Nur er alleine traute sich an den Zuchtbullen Nero heran.

Die Schwalben, die unter dem Dach ihren Nachwuchs fütterten, schimpften laut. Sie waren unverkennbar mit ihrem weißen Bauch und dem eleganten Flugbild. Im Herbst machten sie sich auf den Weg in den Süden, im späten Frühling kehrten sie zurück und bezogen ihre kalkweißen Nester unter dem Dachgebälk.

„Eine Schwalbe macht noch keinen Sommer", so besagt eine alte Bauernregel.

Danach musste, nach ihrer großen Anzahl zu urteilen, jetzt also Hochsommer sein.

„Sieh mal! Das Kälbchen ist gestern zur Welt gekommen. Wir haben es ‚Leo' genannt, es ist ein Bullkalb", wies Herr Begel auf den Rindernachwuchs hin.

Leo stand noch etwas unsicher auf staksigen Beinen in seiner kleinen Box. Schwarzweiß gefleckt, mit einer weißen Stirn, stupste er seine Schnauze gegen das Gatter.

„Er hat bestimmt Hunger. Warum ist er denn nicht bei seiner Mutter?", wollte Gabi wissen.

„Die 23 hat eine schwere Geburt hinter sich und muss sich von den Strapazen erholen", erklärte ihr der Schweizer.

Was ich nicht wusste: Die bedauernswerten Bullkälber fristeten nur ein kurzes Erdendasein.

Sie gaben keine Milch und für den Nachwuchs benötigte man nur wenige von ihnen. An Nutzbarem blieb nur ihr Fleisch; je heller, desto besser, umso höher der Preis. Um diese Ansprüche zu erfüllen, durften die Kälber kein Stroh oder Heu fressen und wurden auf dem nackten Boden ihrer Box gemästet.

Opa verzichtete auf den Mehrgewinn. Leo hatte seine Streu aus Stroh und Heu.

Das Kalben geht bei Kühen meistens glatt vonstatten. Im Stall oder auf der Weide – sie verrichten die Geburt selbst und brauchen keine Hebamme oder Tierarzt.

Die 23 hielt sich nicht an diese Regeln. Vielleicht war das Kalb auch einfach zu groß?

★

Später Nachmittag. Im Kuhstall herrschte ungewohnte Stille. Kein Schnauben, kein Wiederkäuen. Selbst die sonst ständig hin und her peitschenden Kuhschwänze standen still. Kein Schwalbengezwitscher war zu vernehmen.

Die 23 lag auf der Seite und stöhnte. Herr Bürger hielt ihr den Kopf. Zwischen ihren Hinterläufen ragte die kleine, wachsgelbe Klaue des Kälbchens hervor.

„Sie schafft es nicht alleine. Wir müssen ihr helfen." Begel nahm den Kälberstrick vom Haken an der Wand. „Ich brauche heißes Wasser."

Eine Schüssel war schon vorbereitet. Mit Kernseife wusch er sich Hände und Unterarme. Dann hockte er sich neben den Bauch der Kuh und tastete vorsichtig mit der rechten Hand an dem schon sichtbaren Hüfchen entlang.

„Ich fühle die andere Klaue, reicht mir den Kälberstrick!"

Die kleinen Kälberhufe wurden angeschlungen.

„Erst dann ziehen, wenn ich es sage!", befahl Begel.

Bürger und Schulz hielten den Strick unter Spannung.

„Jetzt, sie bekommt eine Wehe, langsam, vorsichtig!"

Die Männer stützten ihre Füße an der Jaucherinne ab. Die 23 stöhnte laut auf. Begel, dem sie vertraute, hatte ihren Kopf zwischen seine Arme genommen und sprach beruhigend auf sie ein. Noch zwei Wehen, und das Kalb glitt vollends aus seiner Mutter. Begel entfernte die Eihaut und den Schleim und rubbelte es mit Stroh trocken. Leo atmete und blickte verwundert in seine neue Umgebung.

„Legen wir das Kalb zu seiner Mutter", entschied Begel.

Die 23 war inzwischen wieder auf den Beinen und leckte ihr Neugeborenes ab. Seine ersten Stehversuche scheiterten. Immer wieder knickten die langen Beinchen ein. Dann endlich, nach einigen Fehlversuchen, stand Leo neben seiner Mutter.

Damit war die Geburt für die 23 jedoch noch nicht beendet. Die Nachgeburt, der Mutterkuchen, ließ auf sich warten. Eine halbe Stunde verging, weitere 15 Minuten. Nichts tat sich.

„Wir brauchen den Tierarzt."

Begel griff zum Telefon.

Tierarzt Gatterdam, ein Hüne von über zwei Metern mit spiegelnder Glatze und dunkelgrünen Gummistiefeln an den Beinen krempelte die Ärmel seines khakifarbenen Hemdes hoch und rieb sich die Hände mit einer beißend riechenden Flüssigkeit ein. Über seinen rechten Arm zog er einen langen, braunen Gummihandschuh, der bis über die Achselhöhle reichte.

„Bürger, Sie halten den Schwanz zur Seite, Begel, du fasst ihr in die Nase, dann bleibt sie ruhig!", befahl der Tierarzt.

Begel und Dr. Gatterdam duzten sich. Die jahrelange Zusammenarbeit und der obligate Schnaps nach erfolgreicher Anstrengung hatte sie zu Freunden werden lassen.

Der rechte Arm des Tierarztes verschwand in den Tiefen des Kuhbauches. Die 23 brüllte laut auf. Dr. Gatterdam schwitzte.

„Die sitzt richtig fest", ächzte er.

Sägende Bewegungen mit der Hand an der Wand der Gebärmutter, endlich, zusammen mit einem Schwall von Blut stieß die 23 ihre Nachgeburt aus.

Es musste ein Reflex sein, die 23 war unschuldig an dem Desaster. Gleichzeitig mit der Gebärmutter entleerte sich ihr Darm, mitten auf Gatterdams Glatze.

„So eine Scheiße!", fluchte der.

Er hatte den Nagel auf den Kopf getroffen! Die Kuhfladen liefen an seinem Gesicht herunter und tropften ihm auf die Schultern. Er war von Kopf bis Fuß eingesaut. Schulz und Bürger konnten sich ihren Spott nicht verkneifen.

„Gut für die Glatze, Herr Doktor, jetzt sprießen die Haare vielleicht wieder", lachten sie.

Schadenfreude ist eben doch die größte unter den Freuden.

Gatterdam war das Lachen vergangen. An das Missgeschick würde er Opa durch die Höhe seiner Rechnung erinnern.

✶

„Na, dann sorgen wir mal, dass Leo was zu futtern bekommt."

Wir folgten dem Schweizer in die Milchküche. Die Miststiefel wurden gegen blank glänzende, saubere Stiefel getauscht. Auf einem Regal standen große Papiersäcke mit weißem Pulver. Herr Begel füllte drei Esslöffel in eine Flasche, goss warmes Wasser nach und schüttelte.

„Darf ich mal probieren?" Neugierig steckte Gabi ihren Zeigefinger in den Sack und leckte ihn ab. „Hmm, schmeckt gut!"

„Aber nur ausnahmsweise. Das Pulver ist für die Kälber. Lasst euch nicht beim Naschen erwischen!"

Begel verschloss den Sack mit dem Magermilchpulver mit einer Kordel.

Die Kühe trotteten mit prallgefüllten Eutern dem Stall entgegen. Sie kannten die Zeit des Melkens genau und versammelten sich am Gatter der Weide. Die Milch drückte. Mit markerschütterndem Brüllen forderten sie Erleichterung von ihrer Last ein.

Begel zählte ab.

„Da fehlt doch eine?"

Thea war ausgerissen. Sie hatte sich hinter einem Hügel, auf dem Holundersträucher wucherten, verirrt. Schäferhund Astor stöberte sie auf und trieb sie zur Herde zurück.

Im Kuhstall hing über jedem Stellplatz eine Schiefertafel mit Namen und Geburtsdatum.

Obwohl sie nicht lesen konnten, kannten alle Kühe ihren Platz.

Die Melkmaschine war schon erfunden worden. Bevor jedoch die röhrenförmigen Gumminäpfe auf die Zitzen gesetzt wurden, musste angemolken werden.

Herr Begel hatte sich einen einbeinigen Melkschemel um die Hüfte geschnallt. Das war sehr praktisch. So hatte er die Hände frei und konnte von Kuh zu Kuh wechseln, ohne die Sitzgelegenheit mitschleppen zu müssen. Er setzte sich neben die erste Kuh in der Reihe, rieb sich seine Hände mit Melkfett ein und stemmte seinen Kopf in ihre weiche Flanke.

„So kann man besser das Gleichgewicht halten, wenn sich die Kuh bewegt", erklärte er mir. „Du musst Finger und Daumen zu einem Ring formen, die übrige Hand zur Faust machen und an der Wurzel der Zitze ansetzen, dann ziehen und gleichzeitig drücken."

Leichter gesagt als getan!, dachte ich mir.

Die ersten, weißen Spritzer landeten in der Gosse. Dann erklang das unvergessene Geräusch, wenn die Strahlen frisch gestrippter Milch in den leeren Zinkeimer spritzen.

Thea, in der Box nebenan, war eine wahre Teufelin in Rindshaut. Abgemagert bis auf die Knochen glich sie mit ihren herausragenden Beckenknochen eher einem Kleiderständer als einer Kuh. Man brauchte sich nur ihrem Euter zu nähern, und schon legte sie die Ohren zurück und fing an zu schnauben. Wenn man ihr dann ans Euter fasste, schlug sie zu. Sie trat nicht etwa wild um sich, sondern richtete den Schlag ihrer linken Klaue zielgenau auf den Melker. Der Tierarzt konnte keine Euterentzündung feststellen. Sie war einfach nur bösartig.

„Darf ich auch mal?", fragte ich.

„Na gut. Versuch es. Nimm die 46, die stößt nicht."

Herr Begel überließ mir den Melkschemel.

Mir war mulmig zumute. Das Ding wackelte bedrohlich hin und her. Abstützen an der Kuh? Dazu war ich noch zu kurz. Ich zog an der Zitze: nichts. Die Kuh über mir schaute sich wiederkäuend zu dem unbekannten Melker um und wischte mir mit dem Schanzwedel über den Kopf.

„Noch einmal: gleichzeitig drücken und ziehen", murmelte ich vor mich hin.

Endlich! Die erste Milch tropfte aus dem Euter. Allerdings hatte ich nicht bedacht, die Richtung des Strahls in den Eimer zu lenken, und so landete die warme Milch auf meiner Lederhose. Egal, immerhin hatte ich es geschafft.

Der Eimer war randvoll mit schäumender Milch gefüllt. Durch ein trichterförmiges Metallsieb floss sie in eine große Zinkkanne, die mit einem Deckel verschlossen wurde. Für die nötige Kühlung in der Milchküche sorgten große Eisblöcke.

Frühmorgens, wenn wir noch schliefen, fuhr das Lastauto der Molkerei vor, lud die vollen Kannen auf und brachte leere zurück.

Laut Opa kann der Mensch zur Not allein von Milch leben.

Eiweiß, Vitamine, Mineralstoffe, Käse, Butter, Quark: die Liste der unsichtbaren, wertvollen Inhaltsstoffe, und dessen, was man alles aus ihr herstellen kann, ist endlos.

Opa mochte am liebsten Dickmilch.

Hoch oben auf den Küchenschrank – da war es am wärmsten – stand im Sommer immer eine Schüssel mit Milch. Ein darüber ausgebreitetes Leinentuch hielt die Fliegen fern. In wenigen Tagen verwandelte sich die weiße Flüssigkeit in eine feste Masse.

„Das machen die Milchsäurebakterien", erklärte uns Opa.

Ekelig! Unter Bakterien stellte ich mir unsichtbare Lebewesen vor, die in Eiterbeulen leben und krankmachen. Wie konnte man so etwas nur essen! Großvater genoss seine Dickmilch mit Zucker und Zimt. Mir war der Appetit auf dicke Milch für alle Zeit vergangen.

„Herr Begel, wo kommen die Kälbchen her?", schaute Gabi mit fragenden braunen Augen zum Schweizer auf.

„Aus dem Bauch der Kühe."

„Und wie kommen sie dort rein?", ließ Gabi nicht locker.

„Da musst zu Nero, den Bullen fragen, dafür ist der zuständig."

Sich Nero zu nähern, war viel zu gefährlich, und antworten konnte der Bulle auch nicht. So blieb diese Frage vorläufig unbeantwortet.

Roggenernte

Die Sonne lugte über das Dach des Kuhstalls und ihre ersten Strahlen beleuchteten das Portal des Gutshauses. Trotz der frühen Morgenstunde war die Luft schon angenehm warm.

Opa stieg vom Pferd und übergab Schulz die Zügel. Er war frühmorgens nach Delborn ausgeritten, um die Reife des Korns zu überprüfen. Im Rundfunk hatte man gutes Wetter vorhergesagt. Beste Voraussetzungen für den Beginn der Roggenernte. Die für diesen Tag geplante Reparatur der Weidezäune musste warten. Er besprach seinen Entschluss mit dem Verwalter.

Verwalter Müller blickte sich im Kreis der Landarbeiter um. Albert Haupt, der Vorarbeiter, Horst, Heinz, Herr Bürger und Schulz warteten auf weitere Anweisungen.

„Wo bleibt denn der Zolper?"

Müller zog an seinem Hosenbund und zuckte mit den Schultern.

Das machte er immer, egal, welche Hose er gerade trug. Sah komisch aus.

Vielleicht sollte er sich Hosenträger zulegen, dachte ich.

Otto Zolper wohnte in Irlenborn, dem Weiler nebenan. Er war einer von Opas besten Leuten.

„Auf den Zolper kann ich mich verlassen", sagte Opi immer.

Ich sah Onkel Otto kerzengerade auf seinem uralten Fahrrad mit dem weit geschwungenen Lenker sitzend, in seinem verwaschenen blauen Arbeitsanzug. Sein Gesicht war von der Sonne gebräunt und zeigte immer das gleiche, freundliche Lächeln.

„Onkel Zolper, was ist das für ein Horn auf deiner Stirn?", wollte ich wissen.

Aus seiner Stirn ragte eine taubeneigroße Geschwulst und glänzte in der Sonne. Mit Haaren konnte er sie nicht mehr verdecken. Die waren längst ausgefallen, und ein Hut passte nicht darüber.

Onkel Zolper lachte.

„Da hat mir meine Frau eins mit dem Nudelholz übergezogen."

Ich war tief beeindruckt und voll des Mitleids. Was für eine böse Frau, die den lieben Onkel Otto so zugerichtet hat!

Dabei war das Horn ein harmloser Grützbeutel, und Frau Zolper oder Tanti – wie die Kinder sie nannten – eine liebevolle Frau. Opa nannte sie „meine Perle". Sie wusch, bügelte und kümmerte sich um die Kinder, wenn diese krank waren.

Müller war erst seit wenigen Wochen auf dem Gut, nur wenig älter als Elmar und bis auf seinen Tic ein durchaus stattlicher Mann mit kurz geschnittenen, schwarzen Haaren. Kikas Interesse an dem hosenhochziehenden Schönling war unübersehbar.

Für uns Kinder hatte er nie ein Wort.

„Mal sehen, wie lange der bleibt", kicherte Doris.

Die Verwalter wechselten häufig auf dem Heckerhof. Woran es wohl gelegen hatte? Schwierig genug war es ja, Opa alles recht zu machen. Mir einerlei. Die Verwalter blieben für mich Fremdkörper, mit denen ich nie richtig warm wurde.

„Horst, du nimmst den Deutz für den Mähbinder, der Fendt ist zu schwach, der schafft das nicht", bestimmte Müller.

Der Trecker, Marke Deutz, war die neuste technische Errungenschaft auf dem Hof. Seine spiegelnde, grünschwarze Lackierung glänzte in der Sonne. Er war stärker als 20 Pferde, fraß Diesel statt Hafer, brauchte nicht auf die Weide und bekam keine Koliken.

„Hat jemand den Elmar gesehen?"

Müller schaute sich suchend um. Keine Spur von Onkel Elmar. Wir schliefen im Nebenzimmer und wussten Bescheid. Er war gestern abends spät oder, besser gesagt, heute Morgen früh, von einer Sauftour mit Jochen nach Hause gekommen. Wer so spät ins Bett kommt, kann morgens nicht raus aus den Federn. Na, der konnte was erleben, wenn ihn Dora gleich unsanft wecken würde! Wir verpetzten ihn nicht. Ehrensache.

Horst startete den Motor. Gerd und ich durften auf dem Radkasten mitfahren. Der Sitz hoch über dem linken Hinterrad war hart und nicht gefedert. Die Erntehelfer folgten mit dem Proviant für den Tag auf dem Pferdewagen. Jupp und Rosa, die beiden Ackergäule, hatten sich an die neue Konkurrenz gewöhnt und trabten gemütlich hinterher.

Vor uns Felder und Weiden, so weit das Auge reichte. Wir fuhren an einem hellgelben Stoppelfeld vorbei. Hier stand Gerste, die schon abgeerntet war.

„Daraus wird Bier gebraut!", erklärte mir Gerd.

So viel Arbeit und Mühe für ein bitter schmeckendes Gesöff?, ging es mir durch den Sinn.

Aber irgendetwas musste ja dran sein. Die Männer bekamen nie genug davon und unserem Vater schmeckte es auch.

Der Roggenschlag lag in Delborn, an der äußersten westlichen Grenze des Gutes. Das Feld wies nicht das Gefälle auf wie der gegenüberliegende Acker, auf dem im vergangenen Jahr ein Erntewagen umgekippt war und einen Landarbeiter unter sich begraben hatte.

Die Sonne brannte aus einem wolkenlosen Himmel auf uns herunter. Horst schwitzte und fluchte, während er den Binder an das Getriebe des Treckers anbrachte. Er startete den Motor, legte einen Hebelarm um, und eine lange Messerreihe setzte sich in Bewegung.

„Funktioniert, jetzt müssen wir nur noch auf Albert warten", stellte er zufrieden fest.

Albert Haupt, oder „Öhm", wie wir ihn nannten, war der „Sensenmeister". Von seinem Schalensitz auf der Mähmaschine hatte er alles im Blick und konnte den Treckerfahrer vor Hindernissen wie Gesteinsbrocken oder Wild, das sich im Korn versteckt hatte, warnen.

Pferdegetrappel, die übrigen Erntehelfer trafen ein. Jupp und Rosa wurden ausgeschirrt und machten sich über das Grün am Feldrain her. Blaue Kornblumen, roter Mohn und gelbe Kamillenblüten leuchteten in der Sonne. Für meinen Großvater waren die Wildblumen Unkraut, das dem Getreide Saft und Kraft raubte und auf dem Feld nicht geduldet wurde.

Ich streichelte Jupp die Stirn und fuhr mit meiner Hand über seine samtigen Nüstern. Jupp schüttelte die Mähne.

„Mag der mich nicht?", fragte ich enttäuscht.

„Nee, Kleiner, das macht er wegen der Fliegen, die kitzeln ihn. Gib acht, dass er dir nicht den Schweif um die Ohren schlägt", lachte Herr Schulz.

Die Fliegen waren hartnäckig. Gerade erst abgeschüttelt, schwirrten sie schon wieder um den Pferdekopf und ließen sich mit Vorliebe um die großen, traurigen Augen herum nieder.

Der Proviant wurde abgeladen. Die Ernte konnte beginnen.

Neben dem Trecker fraßen sich die Schneidemesser des Mähbinders durchs Getreide. Große Holzräder schaufelten die geschnittenen Halme in den Bauch der Maschine. Hinter sich warf sie das Getreide als fertiggebundene Garben wieder aus. Wir stellten sie schräg zueinander geneigt zu Hocken zusammen.

Am Ende des Schlags wendete Horst den Trecker. Ein willkommenes Manöver, brachte es doch allen eine kurze Verschnaufpause. Die Sonne stand inzwischen im Zenit. Die Männer wischten sich den Schweiß von der Stirn.

„Gib mal die Kelle weiter, die anderen haben auch Durst."

Zolper puffte Heinz in die Seite. Der reichte die Kelle seinem Nachbarn.

Es gab nichts Besseres gegen den Durst als „Essigwasser": Wasser, Essig und eine Spur von Zucker, in einer großen Milchkanne im Schatten kühl gelagert, einfach köstlich!

Jupp und Rosa hatten sich in den Schatten zweier Eichen zurückgezogen.

„Horst, halt mal an!"

Albert hatte etwas im Korn entdeckt und gab Horst ein Zeichen. Ein Reh scheute auf und flüchtete. Vor den Schneidezähnen der Mähmaschine lag ein Rehkitz. Unfähig, der Mutter zu folgen, stellte es sich tot.

„Nicht anfassen, sonst verstößt es seine Mutter!", rief Öhm uns zu.

Horst setzte zurück und zog einen weiten Bogen um den Wurfkessel. Man würde Opa die „Insel" später erklären müssen.

„Seine Mutter kommt zurück", beruhigte mich Onkel Albert.

Die harten Stoppeln stachen in die Unterschenkel. Abends beim Ausziehen der Socken waren meine Knöchel von blutigen Kratzern übersät, die unter Seifenwasser höllisch brannten.

Reihe um Reihe des Getreides fiel der Maschinensense zum Opfer. Die Sonne stand schon tief und färbte den Himmel in den unterschiedlichsten Rottönen.

Geschafft! Die Hocken leuchteten gelb-golden in der Abendsonne.

Aus der Ferne klang Motorengeräusch zu uns herüber. Die Erntehelfer blickten auf. Auf dem Anhänger des Treckers schepperten Bierkästen. Opa vergaß seine Leute nicht!

Braune Flaschen mit Bügelverschluss. Plopp, und der blonde Gerstensaft sprudelte in die durstigen Kehlen.

„Heinz, hör auf, du kriegst ja keine Luft mehr!"

Doris hatte Angst, dass sich Heinz verschlucken könnte.

Der ließ sich nicht beirren, stieß einen lauten Rülpser aus, setzte die Flasche ab und drehte sie lachend auf den Kopf. Ich staunte: Ausgetrunken – in einem Zug.

Für uns Kinder gab es Malzbier, süß und nicht so bitter wie das Bier der Männer.

„Damit ihr groß und stark werdet und es euch nicht ergeht wie Ulle!", lachte Onkel Albert.

Ulle, auch ein Ferienkind, war, als das Unglück passierte, nur wenig älter als wir. Nach dem verbotenen Genuss einer Flasche Bier hatte er hoch oben auf dem Erntewagen das Gleichgewicht verloren, war heruntergefallen und unter ein Wagenrad geraten, das ihm mit seinen Eisenbeschlägen den Oberschenkel zerquetschte.

„Wir haben das Korn geschnitten ...", mit dem Lied auf den Lippen, müde und zufrieden, schaukelten wir auf dem Pferdewagen zum Hof zurück.

Onkel Otto erzählte uns auf der Heimfahrt von früheren Zeiten, in denen das Getreide noch mit der Sense geschnitten wurde, man die Halme mit der Hand zu Garben binden musste, als im Krieg Zwangsarbeiter aus Polen die fehlenden Erntehelfer ersetzten.

„Schuhe ausziehen, Hände waschen!"

Tante Kika erwartete uns an der Tür. Es duftete nach Hefeplätzchen. Ich hatte Hunger bis unter die Arme.

★

Das Esszimmer war Treffpunkt für die Familie: Wohnzimmer, Speiseraum, Büro und Jagdzimmer – alles spielte sich in dem einen Raum ab.

In dem Panzerschrank links neben der Tür bewahrte Opa die Gewehre für die Jagd, Bargeld für die Lohntüten der Landarbeiter, wichtige Papiere und unsere Spardosen auf. An der Wand stand ein plüschiges Sofa mit Samtbezug, davor der große Esstisch; in einer Ecke neben dem Ofen der Ohrensessel von Opa. Niemand anderes als er durfte sich dort hineinsetzen. Vor dem Sessel die „Klavierbank". Ein dazugehöriges Klavier suchte man vergebens. So hatte Bodo, der Hofhund, die Bank für sich in Beschlag genommen. Von dort aus ließ er Opa nicht aus den Augen.

Die Türen zu den beiden anderen Zimmern am Ende der Eingangshalle blieben das ganze Jahr über verschlossen. Nur zu Weihnachten und bei besonderen Anlässen wie großen Familienfesten oder Gesellschaften, zu denen Opa einlud, kehrte Leben in das „Herrenzimmer" und den Gesellschaftsraum mit seinem kostbaren Mobiliar und Porzellan ein. Die übrige Zeit des Jahres verbrachten sie, die Fenster mit dicken Samtvorhängen verhangen, im Dornröschenschlaf. Die Räume waren für uns tabu, was unsere Neugier weckte. Dora wusste, wo der

Schlüssel aufbewahrt wurde. Wir kamen gut mit ihr aus. So öffnete sie uns verbotenerweise die Türen.

In einer Schublade des antiken Buffets fand ich, mitten im Sommer, Weihnachtsgebäck, erstaunlicherweise nicht einmal verschimmelt, nur etwas trocken und unfreundlich hart zu den Zähnen.

Leider vergaßen wir an jenem Tag die Schranktüren zu schließen. Eine Nachlässigkeit mit fatalen Folgen, wie sich erst Weihnachten herausstellen sollte.

Diese „Einladung" ließ sich Struppi nämlich nicht entgehen. Woher sollte der Hund auch wissen, dass Krippenfiguren lediglich der Erbauung der Menschen am Weihnachtsfest dienen und keinesfalls gefressen werden dürfen? Den bunt bemalten Wachsfiguren fehlten seitdem die Köpfe.

Tante Kika stellte Platten mit dem Hefegebäck auf den Tisch. Nach Getränken suchte man vergebens.

„Trinken beim Essen ist ungesund. Es verdünnt die Magensäfte!"

Opa musste es ja wissen ...

Ich langte zu und sicherte mir drei Hefeplätzchen.

„Kannst du nicht warten, bis du an der Reihe bist? Zuerst nimmt der Opa!", motzte mich Doris an.

Elmar hatte seinen Kater inzwischen ausgeschlafen. Unser Großvater würdigte seinen Sohn keines Blickes.

„Opa, dürfen wir nach dem Essen mit dir in der Kutsche aufs Feld?", bettelten wir.

„Meinetwegen."

Er war einverstanden.

Wir freuten uns auf den abendlichen Ausflug. Großvater nahm seinen grünen Lodenhut mit der Eichelhäherfeder vom Garderobenhaken. Vor der Tür wartete Schulz mit der Kutsche.

„Nehmt eine Decke mit, die Abendluft ist kühl", riet uns Tante Kika warf uns den Überhang zu.

„Hüh!"

Schulz spannte die Zügel, spuckte den Kautabak aus und schnalzte mit der Zunge. Die Pferde zogen an. Die Räder der Kutsche knirschten auf den Kieseln. Die Sonne war inzwischen hinter dem Horizont abgetaucht. Die Schwalben flogen hoch.

„Ein gutes Zeichen. Dann bleibt das Wetter gut", stellte Opa beruhigt fest.

Das geschnittene Getreide musste nämlich noch eine Woche auf dem Feld nachreifen, bevor es eingefahren werden konnte.

Uns begegneten Frauen mit Kopftüchern und hochgebundenen, blauen Schürzen.

„Ährenfrauen" sammelten auf den abgeernteten Feldern das liegen gebliebene Getreide auf. Von den Körnern kochten sie Grütze für ihre Familien. So kurz nach dem Krieg gab es noch Hunger in Deutschland!

Rechts neben dem Fahrweg galoppierten die Pferde ausgelassen auf der Koppel. Einige von ihnen hatten sich schon in Erwartung der kommenden Nacht unter dem alten Birnbaum in einer Senke versammelt.

„Der Weizen braucht noch seine Zeit." Opa zeigte auf das gelbgrüne Feld zur Linken. „Schulz, halt mal an!" Opa richtete seinen Zeigefinger auf einen großen Vogel, der mit flatternden Schwingen am Himmel zu stehen schien. „Das ist ein Bussard, er rüttelt", erklärte er uns.

Der lang gezogene Katzenschrei des Raubvogels klang klagend zu uns hinab. Pfeilschnell schoss er nach unten aufs Stoppelfeld. Von hoch oben hatten seine scharfen Augen eine Maus erspäht. Mit der Beute in den Fängen erhob er sich in die Lüfte und entschwand unseren Blicken im Heckerbusch.

In Delborn angekommen zeigte sich Opa mit dem Tagwerk seiner Leute zufrieden. Er nahm eine Ähre und zerrieb sie zwischen zwei Fingern.

„Wenn die Körner hart und trocken sind – sie sollen noch nicht herausfallen –, dann ist es Zeit für die Ernte."

Er zeigte uns, wie man Hafer, Gerste, Roggen und Weizen voneinander unterscheidet, erzählte vom jährlichen Fruchtwechsel, der nötig war, damit die Erde ihre Fruchtbarkeit beibehielt, und welches Blatt zu welchem Baum gehörte.

Das Rehkitz auf der „Insel" war verschwunden.

„Seine Mutter hat es in Sicherheit gebracht", zerstreute Opa meine Sorgen.

Schulz wendete die Kutsche und es ging zurück zum Hof.

„Schulz, der Fuchs lahmt hinten links, du solltest mal nach dem Huf sehen."

„Jawoll, Chef, wird jemacht", erwiderte Schulz.

Das war jedoch nicht seine Aufgabe. Für den nächsten Tag hatte sich der Hufschmied angemeldet.

Im Gutshaus angekommen erwartete uns Besuch.

Tinni und Jochen vom Nachbarhof saßen am Wohnzimmertisch und spielten mit Elmar Karten.

„Die gehen zusammen", kicherte Doris.

Was das auch immer zu bedeuten hatte: Auf Jochen war Opa nicht gut zu sprechen. Regelmäßig verführte er Elmar zu Saufgelagen und stiftete ihn zu Streichen an. Doch damit nicht genug der Missetaten.

Alkohol enthemmt und regt den Appetit an. Von Schnaps und Bier allein wird man nicht satt. Nach ihren Zechtouren machten sich er und Elmar in der Speisekammer über Opas heißgeliebten Soleier her!

Nie verziehen hatte er Jochen einen besonders bösartigen Streich, den dieser beim Besuch einer hohen Geistlichkeit auf dem Heckerhof ausgeheckt hatte.

Aus diesem feierlichen Anlass war das sonst immer verschlossene „Gesellschaftszimmer" hergerichtet worden.

Nach einer Zeit angeregter Unterhaltung bei mehreren Flaschen Wein musste der Würdenträger einem menschlichen Bedürfnis nachgehen, kurz gesagt: Er musste mal. Man wies ihm den Weg zum Klosett auf halber Höhe des Treppenhauses. Kurze Zeit später ein Aufschrei, Gepolter. Gäste und Gastgeber stürmten in die Diele. Die hohe Geistlichkeit kam ihnen mit dem Hinterteil voran die Treppe herunterstürzend entgegen.

Wie sich bei den späteren Ermittlungen herausstellte, hatten Jochen und Elmar einen Geißbock im Klosett eingesperrt, der, als sich die Tür von außen öffnete, schnurstracks den Weg ins Freie suchte. Den zu Tode erschrockenen Bischof, der sich dem Leibhaftigen gegenüber wähnte, hatte er bei seiner Flucht glatt übersehen.

„Erika, bring mir doch mal den Stiefelknecht", bat Opa.

Er konnte sich schlecht bücken und ohne die hölzerne Hilfe schaffte er es nicht aus seinen Stiefeln. Der Stiefelknecht hatte sich versteckt.

„Was ist das hier nur für eine Ordnung!"

Opa wurde ärgerlich.

Wir mussten ihm helfen. Elmar umfasste seine Hüften von hinten, Gerd und ich je einen der Stiefel. Wir zogen aus Leibeskräften. Der erste Versuch misslang und ich landete zur Freude von Christa und Doris auf dem Hosenboden.

„Was soll das alberne Gekichere?"

Jetzt wurde Opa richtig böse. Schließlich gelang es uns, ihn aus seinen Stiefeln zu befreien. Mit einem Seufzer der Erleichterung ließ er sich in seinen Lehnsessel zurückfallen.

„Holt mir eine Flasche Wein aus dem Keller. Euch dürft ihr eine Flasche Apfelsaft mitbringen."

Mit diesen Worten läutete er den gemütlichen Teil des Abends ein.

In seinem Ohrensessel sitzend, die unverzichtbare Zigarre in der Hand genoss er jeden Abend seine Flasche Wein. Nicht mehr, aber auch nicht weniger, immer die gleiche Lage, aus immer demselben, fein geschliffenen Römerglas. Jedes Jahr im Herbst lieferte der Winzer von der Mosel Nachschub. Manchmal durfte ich an seinem Glas nippen ...

Von der Küche führte eine steile Treppe in den Keller. Die Kellertür musste immer verschlossen bleiben wegen der Mäuse. Die Steinstufen waren glitschig. Man musste acht geben, um nicht auszurutschen.

Unten war es dunkel und feucht und es roch moderig. Mich gruselte es bei dem Gedanken an Ratten, die hier hausen sollten.

„Die haben mehr Angst vor dir als du vor ihnen", beruhigte mich Doris.

Wir kannten das Regal mit Opas Lieblingswein „Wehlener Sonnenuhr" und brauchten nicht lange zu suchen.

Auf dem Esstisch lagen bereits Zettel und Bleistifte für das Gesellschaftsspiel „Stadt, Land, Fluss" bereit. Alle beteiligten sich, bis auf Opa und Onkel Elmar, der die Rolle des Schiedsrichters übernahm, immer die Uhr im Blick.

„Ihr wisst ja, eine Minute, nicht länger. Doris, du fängst an."

Doris konzentrierte sich und sagte in Gedanken das Alphabet auf.

„Stopp! Bei welchem Buchstaben bist du angekommen?"

Onkel Elmar schaute zu meiner Cousine herüber.

„X!"

Wieder so eine Gemeinheit von ihr! Bestimmt hatte sie geschummelt, da war ich mir sicher. Niemand konnte es überprüfen.

Fluss mit X? Land mit X? Ich hatte keine Ahnung und die Kästchen auf dem Papier blieben leer. Als zum Schluss des Spiels die Punkte addiert wurden, hatte Christa wie so oft das größte Konto. Machte die Brille mit den dicken Gläsern sie besonders schlau?

Todmüde fielen wir in unsere Betten. Gerd, Gabi und ich teilten uns ein Zimmer. Meine Schwester schlief schon fest. Sie war noch klein und musste, wenn auch gegen lauten Protest, immer früher als wir anderen ins Bett.

Im Mädchenzimmer, nur durch eine Holztür mit Glasfenster von dem unsrigen getrennt, erlosch das Licht.

„Wir wollen zu Land ausfahren ..., es dunkelt schon in der Heide ..., kein schöner Land in unserer Zeit ..."

Christa und Doris sangen uns und sich selbst in den Schlaf.

Es war dunkle Nacht, als ich von einem mir fremden Geräusch aufgeweckt wurde.

„Gerd, hast du auch was gehört?", weckte ich meinen Vetter. „Da singt doch jemand?"

„An der Saale hellem Strande stehen Burgen stolz und kühn ..."

Auf Zehenspitzen schlichen wir in den Flur. Der Gesang kam eindeutig aus dem Zimmer nebenan.

„Ach, das ist der Opa, der singt oft im Traum, immer dasselbe Lied. Manchmal schreit er um Hilfe, wenn er Albträume hat. Dann ist er morgens immer schlecht gelaunt. Vielleicht ist es auch mal wieder das Fieber", wusste Gerd Bescheid.

Opa hatte sich im Ersten Weltkrieg eine Malaria zugezogen, die ihn bis heute von Zeit zu Zeit mit Fieberanfällen und Schüttelfrost heimsuchte.

Der Gesang verstummte und wurde von lautem Schnarchen abgelöst.

Im Heckerbusch

Der Heckerbusch grenzte direkt an den Hof. Der Wald war die Heimat von Rehen, Wildschweinen und Hasen sowie Jagdrevier von Opa und seinen Gästen. Über den gepflasterten Weg zwischen den Stallungen machten wir uns mit Taschenmessern bewaffnet auf den Weg in den Busch.

Budenbauen im Heckerbusch – das war Männersache!

Norbert hatte den passenden Ort ausgesucht. Der Zugang zu unserem Bauvorhaben war verwinkelt und führte durch Brennnesselfelder und stachelige Brombeerhecken.

Versteckt unter Bäumen und Gestrüpp, weit ab vom Weg, rodeten und planierten wir den Untergrund.

„Hier finden sie uns nie!", waren wir uns sicher.

Gemeint waren unsere weiblichen Feinde.

Mit unseren Taschenmessern schnitten wir Weidenschößlinge. Nachdem Eckpfosten der Behausung mit einem schweren Vorschlaghammer – den hatten wir aus der Schmiede entwendet – in den Boden gerammt waren, wurden die Weidenruten zu Matten für Wände und Dach verflochten und an den Pfosten befestigt. Zum Schutz vor Regen hatte Günter eine Rolle Dachpappe organisiert, die wir auf dem Dach montierten und mit Steinen beschwerten.

Nach drei Tagen stand die Bude. Drinnen war es dämmrig. Durch Ritzen zwischen dem Geflecht drangen spärliche Lichtstrahlen ins Innere. Wir hockten in der Runde auf dem Lehmboden um einen Berg trockenen Reisigs. Norbert entfachte mit gesammeltem Baumharz die Glut. Unser Reich! Wir fühlten uns wie Könige und schwörten uns:

„Niemand verrät ein Wort über diesen geheimen Ort!"

Gab es eine undichte Stelle? Einen Judas unter uns? Oder waren die Mädchen einfach zu gerissen? Hatte etwa Struppi ...?

Als wir einige Tage später zu unserem vermeintlich geheimen Treffpunkt zurückkehrten, trauten wir unseren Augen und Nasen nicht:

Da hatte uns doch tatsächlich jemand beschi..!

Direkt über der Feuerstelle erhob sich ein Haufen menschlicher Exkremente.

Der Ort war entweiht, die Übeltäterin wurde überführt. *(Ich werde sie an dieser Stelle nicht bloßstellen.)* Wie die Mädchen hinter unser Geheimnis gekommen waren, wurde nie geklärt.

Wir gaben nicht auf und bauten eine neue Bude, diesmal eine Höhle unter der Erde, perfekt getarnt.

Im Garten des Gutshauses gediehen neben Kohlköpfen, Tomaten und Kräutern auch Himbeersträucher, welche – sorgfältig gepflegt und an Stöcken zu einem Spalier hochgebunden – jeden Sommer große, weiche, süße Früchte hervorbrachten, teils mit, teils ohne Maden.

Dieses Jahr waren die Muttersträucher faul gewesen. Die magere Ernte reichte gerade zum Naschen von der Hand in den Mund. Viel zu wenig, um Himbeersaft einzukochen. Im Wald dagegen reiften Unmengen zwar kleinerer, doch noch schmackhafterer Früchte.

Mit Blecheimerchen und einer weiß emaillierten Milchkanne machten wir uns zur Beerenernte auf den Weg in den Heckerbusch. Wilde Himbeeren im Überfluss!

Doris hatte als Erste ihr Eimerchen randvoll gepflückt. In meiner Milchkanne dagegen herrschte gähnende Leere. Gerade mal der Boden war mit Früchten bedeckt.

Missmutig machte ich mich mit den anderen auf den Heimweg. Was würde Kika sagen? Wir nahmen den Weg über die Pferdekoppel an der Quelle vorbei, der war kürzer, auch wenn wir über Stacheldrahtzäune klettern mussten.

Unterwegs versperrte ein dünner Metalldraht den Weg. Er sah harmlos aus, gänzlich ohne rostige Stacheln. Ein Klacks, darüberzusteigen. Doch die Sache hatte einen Haken.

Ich wusste, durch ihn floss – für das Auge unsichtbar – elektrischer Strom! Ich hatte die Kühe beobachtet, wie sie mit ihrer Schnauze den Draht berührten und dann panisch vor dem unscheinbaren Hindernis zurückschreckten. Sie merkten sich die schmerzhafte Begegnung gut und mieden in Zukunft jeglichen Kontakt mit dem Elektrozaun.

„Wetten, Doris, dass du dich nicht traust, den Draht anzufassen?"

Ich kannte meine Cousine genau. Sie und sich nicht trauen? Das würde sie nicht auf sich sitzen lassen!

„So ein Quatsch!"

Mit ihrer linken Hand umfasste sie den Draht. Erschrocken zuckte sie zurück. Stromschlag! Der Eimer mit den Himbeeren glitt ihr aus der Hand. Die Früchte, mühevoll gepflückt, kullerten auf die Wiese. Auf diese Gelegenheit hatte ich gewartet. Schnurstracks sammelte ich die Beeren in meine Milchkanne. Jetzt war der Eimer von Doris leer und meine Kanne voll.

Diese Missetat hat mir meine Cousine bis heute nicht verziehen. Für Doris stand endgültig fest, worin sie auch von meinen Schwestern bestärkt wurde:

„Der Klaus ist einfach unerträglich."

Aber irgendwie musste ich mich doch gegen diese freche Cousine zur Wehr setzen!

★

So, wie an jenem Tag, an dem ich Doris, aus längst vergessenem Grund, von der Treppe vor dem Eingangsportal gestoßen hatte. Es war nur ein leichter Schubs gegen ihren Brustkorb gewesen, doch sie war unglücklicherweise unsanft auf den Hinterkopf gefallen.

Aus einer klaffenden Wunde war das Blut getropft und hatte die blonden Haare rot gefärbt. Heulend und schreiend war sie zu Kika gelaufen.

„Der Klaus hat mich die Treppe heruntergeschubst."

Kika hatte auf meiner Seite gestanden und sie ungläubig angesehen.

„Der Klaus, unmöglich, so etwas tut der nicht."

Doris hatte Glück, sich nicht noch eine Abreibung von Kika eingefangen zu haben.

Derartige Erfahrungen bleiben haften. Kinder sind sensibel. Ungerechtigkeiten verhärten ihre Seele.

Kika hatte bei Doris für alle Zeit verspielt.

★

Schwimmen erfrischt, ist gesund und dient der Leibesertüchtigung.

An heißen Sommertagen machten wir uns mit Proviant beladen auf den langen Weg zur öffentlichen Badeanstalt im Dorf. Selbst über die Abkürzung links der Holle waren wir gut anderthalb Stunden unterwegs. Der Rückweg bergauf dauerte noch länger und war entsprechend beschwerlicher.

Diese Anstrengungen wollte Opa seinen Enkeln ersparen. Er besprach sich mit seinen Leuten. Diese erklärten sich sofort mit seinem Plan einverstanden:

„Wir bauen den Kindern ihr eigenes Schwimmbad!"

Nach dem anstrengenden Tagwerk auf dem Gut bewaffneten sie sich mit Hacke und Schaufel und zogen zum Heckerbusch. An der Stelle, wo sich bisher nur ein kleiner Tümpel befand, hoben sie eine Grube von fast zwei Metern Tiefe und sechs Metern Länge aus. Nach wochenlanger Schufterei war das „Schwimmbad" fertiggestellt.

Vorbei an der Schweinewiese führte der Pfad abwärts in den Heckerbusch. Links vom Weg lag der Siefen, eine abfallende, sumpfige Senke, unter einem dichten Gestrüpp von Kopfweiden, Haselnusssträuchern und Brombeeren versteckt. Den rechten Wegesrand säumten große Brennnesseln, die höllisch an den Beinen brannten, wenn wir ihnen in kurzen Hosen zu nahe kamen. Sie waren eine hervorragende Waffe gegen aufdringliche Mädchen ...

Sonntagnachmittag. Es war heiß und wir hatten Badesachen mitgenommen. Die Eichelhäher kreischten und warnten die Mitbewohner des Waldes vor den Eindringlingen. Der Wald öffnete sich zu einer Lichtung. Vor uns lag es, unser Schwimmbad!

Der künstliche See wurde von einer Quelle gespeist, die hundert Meter oberhalb entsprang. Eine verrostete Eisentreppe führte in das dunkelbraune, moorige Wasser.

„Das ist aber schmutzig, da gehe ich nicht rein!"

Gabi war das schwarze Wasser nicht geheuer.

Schwimmen macht hungrig und so ein Nachmittag zieht sich in die Länge. Kika hatte fürsorglich in einem Korb Proviant eingepackt: Stullen mit Wurst und Schinken, Äpfel und Streuselkuchen. Doris und Christa breiteten eine Decke auf der Wiese aus. Wir aalten uns in der Sonne. Schwalben flogen im Sturzflug über das Wasser, um kurz ihre Schnäbel einzutauchen und danach wieder aufzusteigen. Struppi hatte eine Fährte aufgenommen und war im Gebüsch verschwunden.

„Wer kommt mit ins Wasser?"

Doris prüfte mit ihren Zehen die Badetemperatur.

Sie bemerkte Onkel Elmar nicht, der hinter ihr Anlauf nahm. Elmar setzte zum Kopfsprung an und verschwand kopfüber im dunkelbraunen Wasser. Doris sprang erschrocken zur Seite. Elmar tauchte jedoch nicht wieder an der Oberfläche auf! Das Einzige, was man von ihm sah, waren seine Füße, die wild durch die Luft strampelten. Norbert und Günter sprangen geistesgegenwärtig hinterher. Onkel Elmar untergehakt, wild um sich prustend, zogen sie den Ertrinkenden aus dem Wasser. Er spuckte Schlamm und Wasser und rang nach Luft.

Wie konnte das Malheur passieren? Unser Onkel war im schlammigen Bodensatz stecken geblieben!

Opa erfuhr von dem Zwischenfall und verbot aus Sorge um unser Leben die weitere Nutzung des Naturbeckens.

Aus Erfahrung wusste er, dass sich Kinder selten an Verbote halten, und so ersann er eine Notlüge.

„Die großen Libellen, die über das Wasser fliegen, sind lebensgefährlich. Ihre Stiche schmerzen ungemein und fünf davon können sogar ein Pferd töten!", belehrte er uns.

Wer würde schon an Großvaters Worten zweifeln!

„Dem einen sein Leid, dem anderen sein Freud."

Innerhalb kurzer Zeit eroberte die Natur das ihr abgerungene Terrain zurück. Frösche freuten sich dort ihres Lebens und dienten auf diese Weise Fischreihern als Speise.

Blasrohre sind nicht die alleinige Erfindung von Indianern.

Wir hatten sie für uns entdeckt: Aus fingerdicken, frisch geschnittenen Holunderstöcken und einem Handbohrer ließen sich hervorragende Waffen gegen unsere weiblichen Feinde anfertigen.

Das weiche Mark der Stöcke wurde ausgebohrt. Die Hosentaschen voller Munition – unreife, grüne Holunderbeeren –, lauerten wir den Mädchen hinter der Gartenhecke auf. Eine Kugel in den Mund nehmen, tief Luft geholt, zielen und auf den Aufschrei warten: Treffer! Doris rieb sich laut schimpfend den Oberarm. Sie hatte es nicht anders verdient.

Ständig gingen die Mädchen uns auf die Nerven mit ihrem Gekicher und Getuschel. Sie drängten sich auf, wollten einfach nicht begreifen, dass sie in der Welt der Männer bestenfalls geduldet waren. Und dann diese ewige Petzerei: „Der Gerd hat ..., der Klaus auch ..."

„Kleine Sünden bestraft der liebe Gott sofort", so sagte der Volksmund. Es musste ein schweres Vergehen sein, Mädchen mit Holunderbeeren zu beschießen, denn der liebe Gott ließ sich Zeit mit der Vergeltung.

Gewitter

Die Luft war schwül und drückend heiß. Diese Witterung machte die Schnaken total verrückt. Lautlos schwirrten die Stechfliegen in großer Zahl auf der Suche nach nackter Haut um uns herum. Heimtückische Biester! Man bemerkte die Quälgeister oft erst, wenn sie schon zugestochen hatten. Die Beule unter der Haut schwoll zusehends an, juckte und brannte ganz fürchterlich. Für solche Notfälle hielt Tante Kika immer eine halbe Zwiebel bereit, die Linderung verschaffte, wenn man sie eine Zeit lang auf die Schwellung drückte.

Die Schwalben flogen tief. Kühe suchten im Schatten der Obstbäume Schutz vor der Hitze.

Opa klopfte mit dem Zeigefinger gegen das Glas des Barometers.

Das Wunderinstrument, ein Glasgehäuse mit verschiedenen Zeigern, umgeben von einem kunstvoll gedrechselten, breiten Rand aus braunem Buchenholz, hing neben dem Fenster und konnte das Wetter vorausfühlen. Der Zeiger bewegte sich nach links, in Richtung „Sturm".

„Das gefällt mir nicht, das Barometer fällt. Das Getreide muss in die Scheune, heute noch! Wir bekommen Regen."

Verwalter Müller trommelte die Leute zusammen. Alle mussten sie mithelfen: Bürger, Horst, Heinz, Herr Zolper und Albert. Selbst der Schweinehirte Paul wurde zur Feldarbeit eingeteilt – ein Verhängnis, wie sich später herausstellen sollte. Nur Schweizer Begel blieb bei seinen Kühen.

„Schulz, du nimmst die Pferde, Horst, du den Trecker. Wir brauchen mehr Leute! Elmar, darum kümmerst du dich", bestimmte Müller.

Onkel Elmar gehorchte widerwillig und ging zum Telefon. Es passte ihm überhaupt nicht, von dem Verwalter herumkommandiert zu werden. Was nahm der sich heraus! Schließlich war Elmar doch der Sohn des Gutsherrn!

Jupp und Rosa wurden rechts und links der Deichsel des Erntewagens eingespannt.

Fünf Leute auf dem Feld, zwei in der Scheune zum Entladen, einer zum Voranfahren: Jede Erntemannschaft bestand aus sieben Männern. Zwei von ihnen wuchteten die Garben mit langen, dreizinkigen Gabeln auf den wartenden Wagen. Dort wurde das Getreide von zwei weiteren Helfern aufgefangen und gestapelt, die abgeschnittenen Enden nach außen, die Ähren nach innen.

Je höher die Ladung auf dem Wagen, desto anstrengender wurde die Arbeit für die Leute unten auf dem Feld, je schwieriger das Stapeln hoch oben auf dem Wagen. Der schaukelte bedenklich und man musste höllisch aufpassen, nicht das Gleichgewicht zu verlieren.

Das Voranfahren der Erntewagen von Hocke zu Hocke erforderte viel Erfahrung. Nur nicht ruckeln, sonst fielen die Männer herunter. Genau neben den Hocken anhalten.

Dabei ging es nicht gerade zimperlich zu:

„Hast du keine Augen im Kopf? Nicht so weit!", brüllte Horst den Traktorfahrer an.

Gerd durfte den Trecker fahren. Die Kupplung der Landmaschine zu treten und langsam wieder zu lösen, war ein Kraftakt. Das spürte er am Abend in der Wade.

Die Pferde kannten die Abstände und den richtigen Rhythmus durch jahrelange Erfahrung. Schulz brauchte nur kurz mit der Zunge zu schnalzen, und sie zogen an. Ein „Brrrrrr" genügte, um den Wagen zu stoppen.

Unter einem der Hocken wohnte eine Mäusefamilie. In Todesangst flitzten die Tiere in alle Himmelsrichtungen davon. Struppi jagte den Mäusen hinterher, aber die waren schneller.

Die Bansen rechts und links der Durchfahrt in der Delborner Scheune füllten sich.

Es dämmerte bereits, als der letzte vollbeladene Wagen einfuhr.

Im Westen braute sich ein Gewitter zusammen. Eine schwarze Wolkenwand schob sich immer weiter vor und verdunkelte den Himmel. Aus der Ferne ertönte dumpfes Grollen.

Die ersten Blitze durchzuckten den schwarzen Himmel.

Wir saßen mit Tante Kika und Onkel Elmar am Wohnzimmertisch. Opa lehnte sich in seinen Sessel zurück.

In der Gemeinschaft fühlte ich mich geborgen und sicher. Außerdem hatte das Gutshaus einen Blitzableiter.

Den Blitzen folgten krachende Donnerschläge.

„Elmar, schalte das Licht aus!", befahl Opa.

Ich drückte meine Nase gegen die Fensterscheiben. Die ersten dicken Regentropfen klatschten auf das Glas. Blitze erleuchteten kurz die Fassade des gegenüberliegenden Kuhstalls und tauchten sie in ein gespenstisches Grau-Gelb. Struppi hatte sich unter dem Sofa verkrochen. Auch Gabi hatte Angst.

„Opi, darf ich auf deinen Schoß?"

Opa beruhigte sie:

„Keine Angst, Prinzessin, hier passiert dir nichts."

Er streichelte ihr über den Kopf. Dann trommelte der Platzregen los.

„Vergangenes Jahr ist der Blitz in die alte Pappel eingeschlagen und hat einen Teil der Krone herausgebrochen", erzählte Opa.

So plötzlich das Gewitter über uns hereingebrochen war, so schnell verzog es sich wieder. Binnen kürzester Zeit hellte der Himmel auf. Es hörte auf zu regnen. Die warme, feuchte Erde dampfte. Auf dem Innenhof vor dem Gutshaus hatte der Regen einen See hinterlassen. In der Riesenpfütze nahmen zwei Amseln ein Bad. Das Wasser lief über das Kopfsteinpflaster zwischen den Wirtschaftsgebäuden ab.

„Stellt euch niemals unter einen Baum, wenn ihr draußen von einem Gewitter überrascht werdet. Bäume ziehen die Blitze an. Am besten auf den Boden hocken", belehrte uns der Großvater.

„Eichen sollst du weichen, Buchen sollst du suchen?" – Der Volksmund sagte also nicht immer die Wahrheit.

★

Die Getreidegarben stapelten sich bis unters Dach der Scheune. Es war uns strikt verboten, die Leitersprossen an den Bansen zu erklimmen und über den Mittelbalken zu balancieren, der die beiden Seiten der Scheune verband. Wie gesagt: Verbote verleiten dazu, diese zu übertreten. So auch diesmal, vorausgesetzt, man ist schwindelfrei ...

Norbert fasste sich als Erster ein Herz. Einen Fuß vor dem anderen, die Arme weit ausgebreitet, balancierte er sicher, fünfzehn Meter hoch, über den Balken.

„Jetzt du, Gabi!", rief er meiner Schwester zu.

Gabi zögerte und schaute unter sich in den Abgrund. Wahrscheinlich grauste ihr vor dem möglichen tiefen Sturz auf den harten Lehmboden. Doch das höhnische Gelächter war ihr unerträglich. Was tun? Der Hosenboden ist breiter als die Füße und man kann sich mit beiden Händen festhalten. Gabi setzte sich auf den Balken und robbte Zentimeter um Zentimeter vorwärts, ohne in die Tiefe zu blicken. Sie schaffte das Akrobatenstück.

Nun war ich an der Reihe. Die Hosen gestrichen voll sah ich mich schon mit zerschmetterten Gliedmaßen auf der Tenne liegen. Ich blickte nach unten und es wurde mir schwindelig. Trotz des Spotts meiner Freunde trat ich den Rückzug an.

„Feigling, Angsthase, Streuselkuchen!"

Die hämischen Zurufe konnten mich nicht umstimmen. Ich brachte den Balanceakt einfach nicht über mich.

„Öhm kommt, versteckt euch!", rief uns Norbert zu.

Herr Haupt hatte uns schon entdeckt.

„Raus hier, sonst werdet ihr am Ende noch zu Hühnerfutter", lachte er.

★

Horst setzte den Trecker rückwärts vor die Dreschmaschine, einem hohen, kastenförmigen Wagen. Die Maschine wurde über breite, lederne Antriebsriemen mit dem Trecker verbunden. Erntehelfer warfen die Getreidegarben mit langen Gabeln oben in den Bauch der Dreschmaschine. Horst startete den Motor des Treckers. Mit einem höllischen Krach trennte die Maschine die Spreu vom Weizen. Den Kaff spuckte sie zu einem großen Haufen neben sich aus. Auf der gegenüberliegenden Seite des Ungetüms rieselte das Korn in große, braune Säcke. Hinter sich warf es mit Kordel gebundene Strohballen aus: Streu für das Vieh. Es staubte unsäglich. Der feine Staub drang mir in Ohren und Nase und juckte in den Augen. Die Männer wuchteten die vollen Getreidesäcke auf den bereitstehenden Anhänger. Horst sollte das Korn zur Genossenschaft bringen.

Der Traktor streikte. Alle Versuche, den Motor zu starten, scheiterten. Horst fluchte.

„Ihr nehmt die Pferde", entschied Verwalter Müller.

Jupp und Rosa wurden an den hölzernen Kastenwagen gespannt, die Getreidesäcke umgeladen. Schulz setzte sich auf den Kutschbock, in seiner Hand die ledernen Zügel.

„Wollt ihr mit?", rief er uns von oben zu.

Klar wollten wir!

Die Pferde zogen an. Bis zur Josefshöhe wies die Straße nach Eitorf nur wenig Gefälle auf. Danach ging es in steilen Kurven bergab.

„Brrr!"

Schulz zog die Zügel straff.

Seinem Gesicht sah man die hohe Konzentration an. Jupp und Rosa verlangsamten ihre Schritte. Schulzes linke Hand drehte an der Kurbel für die Radbremse. Die Wagenräder quietschten.

„Ohne Hilfe schaffen die Pferde das nicht. Ist für sie viel anstrengender als bergauf. Die ganze Last drückt ins Geschirr. Außerdem müssen sie den Wagen in der Spur halten. Vergangenes Jahr ist hier ein Erntewagen umgekippt", erklärte er uns.

Endlich – die Holle lag hinter uns. Wir hatten wieder ebene Straße unter den Rädern. Die Gesichtszüge von Schulz entspannten sich.

In gemütlichem Trott fuhren wir weiter zur Genossenschaft.

★

„Wo ist mein Struppi?"

Gabi zog Kika an der Schürze.

Struppi war verschwunden. Er fand im Allgemeinen wenig Beachtung auf dem Hof und ging seine eigenen Wege. Anderen wäre sein Verschwinden gar nicht weiter aufgefallen. Wohl aber Gabi.

„Struppi! Struppiiii!"

Sie suchte unter dem Sofa, im Schlafzimmer, im großen Betonrohr, das vor dem Kornspeicher unter Brennnesseln versteckt liegt. Kein Hund weit und breit.

„Sieh doch mal in der Leutestube nach, dort verkriecht er sich manchmal", vermutete Tante Kika.

Die Leutestube grenzte an die Küche und war mit ihr durch eine Tür verbunden. Der Raum wurde selten genutzt. Mit seinen rohen Holzdielen sowie Bänken und Tischen aus Fichtenholz bot er dem Gesinde bei Regenwetter ein Dach über dem Kopf. Im Herbst, nach der Treibjagd, servierte man an diesem Ort den Treibern und Jägern Erbsensuppe mit Speck.

Aus der hintersten Ecke des Raumes drangen piepsende Geräusche an meine Ohren. Struppi lag hechelnd auf seiner alten Decke. Fünf kleine Hundewelpen versuchten seine Zitzen zu erreichen. Immer wieder wurden sie von der Hundemutter abgeleckt. Struppi blickte auf. Nur Gabi durfte sich der Hundefamilie nähern. Wir anderen wurden angeknurrt.

„Sie will nur ihre Welpen beschützen", erklärte uns Tante Kika.

„Elmar, hol mal die Wurfkiste. Gerd, du kannst tragen helfen."

In einem Verschlag neben dem Hühnerstall, unter allerlei Gerümpel, fanden die beiden die Wurfkiste: einen großen Holzkasten mit erhöhtem Rand. So konnten die Hundewelpen nicht herausklettern. Sie stammte noch aus früheren Zeiten, in denen auf dem Heckerhof Jagdhunde gezüchtet wurden. Wir polsterten die Kiste mit Zeitungspapier aus.

„Gabi, leg du die Welpen vorsichtig rein", bestimmte Großvater.

Die Außentür zur Leutestube wurde verschlossen. Struppi brauchte jetzt seine Ruhe.

„Die Welpen müssen jetzt mindestens acht Wochen lang bei ihrer Mutter bleiben. In der Zeit lernen sie das Wichtigste für ihr späteres Hundeleben. Wenn ihr in den Herbstferien wiederkommt, sind sie schon groß, dann werden wir überlegen, wem wir einen Welpen schenken. Alle können wir sie nicht behalten", erklärte uns Opa und blickte auf die Hundefamilie.

„Darf ich dann einen mit nach Hause nehmen?", bettelte Gabi.

„Na, da frag mal besser deine Eltern", lachte Opa.

Von Hannibal und anderen Schweinen

Wie oft werden sie als dumm und dreckig verunglimpft! Auf dem Heckerhof machte ich die Erfahrung, dass keines dieser Vorurteile zutrifft. Sensibel, lernfähig und stressanfällig haben Schweine mehr mit uns Menschen gemein, als man landläufig glaubt. Mit ihren rüsselförmigen Steckdosennasen sind sie sogar Hunden, was das Riechen anbelangt, überlegen! Und das wird sie den weiblichen Lesern besonders sympathisch machen: Bei ihnen haben die Frauen das Sagen! Eber sind in der Familie allenfalls geduldet, wenn weiterer Nachwuchs geplant ist.

Der Heckerhof war ein wahres Paradies für Schweine. Hier konnten sie so richtig „die Sau rauslassen"!

Auch wenn es an ihrem Lebenszweck, als Kotelett und Schinken auf unseren Tellern zu landen, letzthin nichts änderte, so verbrachten sie doch die sechs Monate bis zu ihrem letzten Weg zum Schlachter auf dem Heckerhof schweinisch gut.

Ich war auf einen der zahlreichen Apfelbäume der Schweinewiese geklettert und hatte aus sicherer Entfernung beobachtet, wie sie genüsslich heruntergefallene Äpfel mampften, sich wohlig in Schlammtümpeln suhlten und sich später an den Baumstämmen scheuerten.

Da Schweine nicht schwitzen können, war dies für sie eine kühlende Erfrischung. Nebenbei diente die Suhle auch der Körperpflege. Beim Abscheuern der getrockneten Matschkruste verloren sie lästige Milben, Flöhe und anderes Ungeziefer.

Die frische Luft tat ihnen gut und stärkte ihre Gesundheit.

Ein Unterstand schützte die Borstenviecher vor Regen und zu viel Sonne.

„Sie haben eine empfindliche Haut und können wie wir Menschen Sonnenbrand bekommen", erklärte mir Paul, der Schweinehirte.

Von wegen „dreckiges Schwein"! Sie beschmutzen ihre Wohnung nicht. Man muss ihnen nur den nötigen Platz gewähren, dann können sie sogar „stubenrein" werden.

Ich hatte gesehen, wie sie sich in der Ecke des geräumigen Kobens ein richtiges Klosetteckchen einrichteten.

★

Zeit der Fütterung. Ausnahmsweise durfte ich mit in den Stall. Ansonsten war uns Kindern das Betreten des Schweinestalls strengstens verboten.

Ohrenbetäubender Lärm tönte mir entgegen. Die Schweine drängelten sich ungeduldig an den Trögen und bäumten sich vom Fütterungsgatter gestützt auf. Grässliche Laute stießen sie aus, wie blockierende Bremsen, und betäubten für einen Moment meine Trommelfelle.

„Was fressen Schweine?", fragte ich Paul.

„Einfach alles. Sie sind nicht wählerisch. Besonders gerne mögen sie Getreideschrot, abgekochte Kartoffeln und Futterrüben. Wehe aber, sie erwischen eine Ratte! Schlimm für Schwein und Ratte. Wenn sie stirbt, ‚vererbt' sie dem Schwein ihre Trichinen, winzige Würmer, die sich im Schweinefleisch tummeln und vermehren. Sie können auch uns Menschen krankmachen, wenn wir in eine nicht ganz durchgebratene Frikadelle beißen", antwortete der Schweinehirte.

Paul schüttete Futter aus einem Blecheimer in die Tröge. Ein kotiger Mief, gemischt mit feuchten Schwaden aus dem Kartoffelkessel beleidigte meine Nase.

„Magst du auch eine Kartoffel?", fragte mich Paul.

So gerne ich frische Pellkartoffeln aß – mir war der Appetit vergangen. Endlich, der Krach hatte ein Ende. Ich hörte die Schweine laut schmatzen.

„Komm mal mit, ich zeig dir was."

Paul nahm mich bei der Hand.

Er öffnete das Gatter einer Box am Ende des Stalles. Abgesondert von ihren Artgenossen lag Sau Jolanta auf der Seite und grunzte wohlig, als er ihr die borstige Haut hinter den Ohren kraulte.

An ihren Zitzen balgten sich unzählige rosa Ferkel um den besten Platz in der Milchküche, gewärmt von einer großen, runden Rotlichtlampe unter der Decke. Immer wieder purzelten sie durcheinander. Sie zählen? Unmöglich!

„Darf ich mal eins auf den Arm nehmen?", fragte ich Paul.

„Da musst du noch etwas warten. Wenn sie herangewachsen sind und auf die Schweinewiese dürfen, kannst du ja mal versuchen, ein Ferkel einzufangen", erwiderte Paul lachend.

In einer anderen Box entdeckte ich ein Schwein in Einzelhaft. Fröhlich grunzte es vor sich hin. Durch eine Klappe an der Wand konnte man es in eine kleine Koppel nach draußen lassen. Es handelte sich um ein ausnehmend stattliches Tier, das seinen prallen Bauch auf kräftigen, gedrungenen Beinen in die Höhe stemmte. Dass ich es mit einem Eber zu tun hatte, bemerkte ich nicht. Er hieß Hannibal. Erst später wurde mir klar, in welche Gefahr ich mich begeben hatte.

Das Schwein bot geradezu ein zutrauliches Bild voller Behaglichkeit. So hatte ich keinerlei Bedenken, das Holzgatter aufzusperren. Ich betrat die mit Stacheldraht eingezäunte Koppel und schloss sie von innen wieder zu. Unbekümmert näherte ich mich dem Eber mit einer Handvoll Möhren. Plötzlich riss er seine Augen auf und glotzte mir grimmig entgegen. Die Nasenflügel schwollen bedenklich an. Ich spürte sofort, dass er es nicht auf die Möhren abgesehen hatte. Sie glitten mir aus der Hand.

„Nichts wie weg hier!", murmelte ich vor mich hin
Leider blieb mir keine Zeit mehr, den Sperrriegel des Gatters hochzuschieben. Der Eber war mir schon zu dicht auf den Fersen. Ich hechtete zur Seite. Eine Staubwolke wirbelte auf. Hannibal krachte mit dem Schädel gegen das Holz, ging zu Boden, rappelte sich aber schnell wieder auf. Ich raste in die entgegengesetzte Ecke der Koppel und suchte den Boden nach irgendeinem Gegenstand zu meiner Verteidigung ab. Zu spät. Der Eber schoss schon wieder wie eine Ramme auf mich los. Ich sprang erneut zur Seite. Dabei zwickte er mich kurz in die Wade, die zwar unverletzt blieb, aber schmerzte. Hastig humpelte ich davon und stolperte. Unglücklicherweise verhakte ich mich dabei mit meiner Lederhose in dem Stacheldraht. Krampfhaft versuchte ich mich zu befreien, aber der Koloss baute sich erneut zu einem Angriff auf. Er schnaufte und stampfte vor Wut in den Sand. In seinen kleinen

Schweinsaugen zuckten Blitze auf. Jetzt konnte ich ihm nicht mehr entkommen. Ich sah mein Ende vor mir.

In diesem Moment ertönte aus dem Stall das hellklingende Scheppern der Futtereimer. Hannibal wandte sich jäh von mir ab. Die Klappe an der Hauswand hob sich und er galoppierte durch die Öffnung. Sofort knallte die Luke wieder hinter ihm zu.

Ich löste mich schließlich aus dem Stacheldraht und lief in den Stall. Paul hatte mir, ohne es zu ahnen, das Leben gerettet.

Die Lindenbäume standen an jenen Tagen in voller Blüte. Ein betörender Duft ging von ihnen aus und tausende Bienen schwirrten auf der Suche nach Nektar in und um die Bäume. Das Gut lag wie ausgestorben da. Alle Landarbeiter waren auf dem Feld mit der Roggenernte beschäftigt.

Ich schlenderte gelangweilt mit Doris, Mädi und Gisela über den Hof. Wir kamen am Schweinestall vorbei, als Doris einen Einfall hatte.

„Wir schmücken die Schweine!"

„Was tun wir?", traute ich meinen Ohren nicht.

„Du hast schon richtig verstanden, wir schmücken die Schweine. Paul wird sich wundern!"

Die Mädchen machten sich ans Werk: Aus Lindenblüten flochten sie Kränze, große und kleine, jede Menge – es gab viele Schweine auf dem Heckerhof! Die Körbe gefüllt mit dem Blütenschmuck, ging es zurück zum Stall.

Aufgeregt und laut quietschend rannten die Schweine durcheinander. Sie waren nicht an Besucher gewöhnt, schon gar nicht außerhalb der Fütterungszeiten.

Sie begriffen nicht, wie ihnen geschah, als die Mädchen ihnen die Kränze um die Schlappohren legten. Selbst Hannibal, der Eber, ging nicht leer aus.

Seinen Koben zu betreten, wagten sich Doris und Mädi nicht. Hannibal stand am Gatter, die Rüsselnase schnuppernd nach oben gestreckt. Doris lehnte sich über das Gatter, Mädi hielt sie an den Beinen fest. Ehe sich Hannibal besinnen konnte, war auch aus ihm ein Blütenschwein geworden.

Paul sollte ein besonders herzlicher Empfang bereitet werden, den er sein Leben lang nicht vergessen würde. Aus einem Stück Pappe fertigte ich mit Gerd ein großes Schild, versahen es mit der Aufschrift: „Herzlich willkommen in deinem Familienkreis" und befestigten es außen an der Stalltür. Hannibal bekam ein eigenes Schild. Über seinem Koben stand in großen Lettern geschrieben: „Grüß Gott, Vater Eber".

Zufrieden mit unserem Werk und voller Vorfreude auf die Reaktion von Paul traten wir den Rückzug an und versteckten uns in der Remise gegenüber dem Schweinstall.

Während wir auf die Rückkehr des Schweinehirten warteten, wurde im Gutshaus die Tür zum Wohnzimmer aufgerissen. Ohne anzuklopfen, betrat Paul den Raum. Schon von Geburt an nicht mit großen Geistesgaben gesegnet, stand er vor Opa wie ein begossener Pudel: den Hut in der Hand, seinen Kopf zwischen den Schultern eingezogen, die Augen aus ihren Höhlen hervortretend, das Gesicht puterrot angeschwollen.

„Kannst du nicht anklopfen?"

Großvater hatte sich aus seinem Sessel erhoben und ging auf Paul zu. Was fiel dem Schweinehirten ein! Ungeheuerlich! Er duldete keine Landarbeiter in seinem Haus, schon gar nicht ohne Anmeldung. Die Leute wussten das. Es musste etwas Außergewöhnliches vorgefallen sein. Paul hielt sich an der Krempe seines verbeulten Hutes fest.

„Die Schweine, Herr Hördemann, die Schweine!", stammelte er.

Schnurstraks folgte ihm Großvater zum Schweinestall.

Die Schweine hatten sich unterdessen an den Blütenkränzen gütlich getan und grunzten zufrieden vor sich hin.

Trotzdem war Opa außer sich vor Zorn. Er hatte uns strengstens verboten, den Schweinestall zu betreten:

„Die Schweine brauchen ihre Ruhe. Sie sind anfällig gegenüber jeglichem Stress und können sogar einen Herzinfarkt bekommen!"

Sein Verbot war missachtet worden, die Schweine in Lebensgefahr gebracht, der arme Paul aufs Übelste beleidigt.

Der Tag des Herrn

Gott erschuf die Welt an sechs Tagen und ruhte am siebten. Dem vorgegebenen göttlichen Rhythmus müssen auch Kinder sich beugen. Meinethalben hätte man den Sonntag getrost aus dem Kalender streichen können.

Die Erwachsenen erholten sich vom werktäglichen Frühaufstehen und schliefen bis in die Puppen. Ich vermisste Onkel Zolper und die anderen Landarbeiter. Sonntags, am Tag des Herrn, war nichts los auf dem Heckerhof. Meine Laune war bereits auf einem Tiefpunkt angelangt, als Tante Kika mich zu allem Überfluss noch ermahnte:

„Macht euch ja nicht schmutzig! Klaus, du könntest dir mal wieder die Fingernägel schrubben!"

Wir saßen am Frühstückstisch, als ich Opa in seinen Lederstiefeln über den Hofplatz vom Kuhstall auf das Haus zukommen sah. Er öffnete die Tür und betrat den Raum. Wie jeden Morgen hatte er auch sonntags vor dem Frühstück seine Rindviecher besucht, um nach dem Rechten zu sehen.

Der Tisch war reichlich gedeckt: Schinken, hausgemachte Leberwurst, Käse, selbstgemachte Brombeermarmelade. Es duftete verführerisch nach Bohnenkaffee. Dieser blieb jedoch den Erwachsenen vorbehalten. Wir Kinder tranken „Muckefuk", einen Kaffee-Ersatz aus gerösteter Gerste.

Zur Feier des Tages hatte Tante Erika Eier gekocht.

Eierkochen – man sollte meinen, nichts einfacher als das! Dazu brauchte es kein Kochbuch: nur die Schale anpieksen, damit sie nicht platzt, und die Uhr im Auge behalten.

Frühstückseier durften weder zu fest noch zu weich sein. Genau viereinhalb Minuten in kochendem Wasser! Sonst war Opa unzufrieden.

Er köpfte sein Ei mit dem Messer und löffelte es aus.

„Erika, wie lange haben die Eier gekocht?", richtete er sich fragend an unsere Tante.

„Viereinhalb Minuten, wie immer, Onkel Franz!", erwiderte Kika.

„Dann solltest du die Küchenuhr reparieren lassen. Die Eier sind zu hart! Und das Abschrecken nicht vergessen!"

Kika starrte beleidigt mit gesenktem Haupt vor sich auf die Tischdecke und rührte in ihrem Kaffee. Sie war sich keiner Schuld bewusst. Aus Erfahrung wusste sie jedoch, dass Widerworte zwecklos waren. Ich gab ihr im Stillen recht.

„Die Klügere gibt nach", murmelte sie vor sich hin, als sie bemerkte, dass Opa das abgeschlagene Eihütchen unauffällig zu Boden fallen ließ, wo Struppi unter dem Tisch in Erwartung dieses besonderen Leckerchens die Ohren aufstellte.

„Aber Onkel Franz!", rief Kika entrüstet.

Uns Kindern war es nämlich verboten, die Hunde bei Tisch zu füttern. So gewöhne man ihnen das Betteln an, hatte uns Opa belehrt.

Opa wischte mit der Serviette über den Mund und strich Butter aufs Brot.

„Ist mir runtergefallen, kann ja mal passieren", entgegnete er mit unschuldiger Miene.

Von wegen ein Versehen! Ich hatte beobachtet, wie er dann und wann nach dem Mittagessen übrig gebliebene Fleischbröckchen zu Boden fallen ließ.

Unverhofft wurde Opa hektisch, rieb sich das Kinn, griff hinter sich, blickte nach rechts und links und erhob sich schließlich vom Sofa.

„Onkel Franz, suchst du was?", fragte ihn Tante Kika.

Er hüstelte. Es nützte ihm nichts, er musste raus mit der Sprache. Augenscheinlich war ihm die

Angelegenheit äußerst peinlich. Wie immer, wenn er zornig wurde, lief seine breite Nase puterrot an.

„Hat jemand meine Zähne gesehen?", blickte er fragend in die Runde.

Niemand hatte.

Die dritten Zähne passten nämlich nicht. Opa verbarg sie deshalb während der Mahlzeiten unter einer Serviette; natürlich nur dann, wenn die Familie unter sich war.

„Schuld hat der Dentist, dieser Nichtskönner", war Opas Aussage, felsenfest von der Unfähigkeit des Zahnarztes überzeugt. Sein fehlendes Training mit den Beißerchen, welches ihm der Zahnarzt dringend empfohlen hatte, verdrängte er. So musste er sich wohl oder übel mit der Zeit angewöhnen, auf den nackten Kieferballen zu kauen.

„Er kaut auf den Felgen", bemerkte Elmar respektlos.

„Vielleicht sind sie ja runtergefallen", vermutete Christa.

Wir machten uns auf die Suche.

„Ich habe etwas gefunden!"

Doris war unter das Sofa gekrochen und hielt den abgebrochenen Rest des Gebisses in ihrer Hand.

Struppi leckte sich die Schnauze.

Ich konnte nur hoffen, dass ihm die künstlichen Zähne bekamen …

In einer weißen Plastikdose, hoch oben auf dem Badezimmerschrank, hielt Opa für derartige Notfälle Ersatz in Reserve. Somit war der Sonntag gerettet und dem gemeinschaftlichen Besuch des Gottesdienstes stand nichts im Wege.

Der sonntägliche Gang zur Kirche war eine unumstößliche Pflichtübung. Ob sengende Hitze oder prasselnder Regen – für Opa gab es keine Ausnahmen. Zudem würde man ja nach dem Schwänzen der Heiligen Messe im unerträglichen Zustand der schweren Sünde leben! Das hatte ich im Religionsunterricht gelernt.

Während Opa entspannt und bequem im Einspänner kutschiert wurde, mussten wir Kinder uns zu Fuß auf den langen Weg zur Kirche machen. Ob wir wollten oder nicht, danach wurde nicht gefragt.

„Wir laufen über den kleinen Weg!", bestimmte Christa.

War das Wetter gut und der Boden trocken, wählten wir diese Abkürzung entlang der Strommasten. Zwischen Kuhweiden zur Linken und dem Gerstenfeld zur Rechten führte der schmale Feldweg auf die Landstraße nach Eitorf. Wir schritten im Gänsemarsch voran, einer nach dem anderen. Die hohen Grasbüschel kitzelten an den Beinen. Den Stacheldrahtzaun in bedrohlicher Nähe, musste ich höllisch aufpassen, mir keine frische Schramme zu holen oder gar ein funkelnagelneues Dreieck in die verhasste Sonntagshose zu reißen.

„Pass doch auf, du Ferkel!", rief Doris, schubste mich zurück und schaute entsetzt auf ihre Beine.

Ihre weißen Kniestrümpfe und der Saum des Sonntagskleides waren von Schlammspritzern verunziert. Keine böse Absicht von mir, nur ein Versehen. Die Regenpfütze unter dem Gras hatte ich nicht bemerkt.

Die Kühe blickten uns wiederkäuend hinterher.

Die haben es gut. Die brauchen nicht beten, ging es mir durch den Sinn.

Von der Josefshöhe aus konnte ich schon das Dorf und den Kirchturm in der Talmulde erkennen.

Am Kirchenportal von St. Patricius hielt Schweizer Emil Wache. Er war Ordnungshüter und gewichtigster Kirchenvertreter direkt nach dem Pfarrer. Als Zeichen der Würde seines Amtes trug er eine lange rote Samtrobe, weiße Handschuhe und ein rotes Barett. Ferner war er mit einem mannshohen Stab ausgestattet, den am oberen Ende eine goldglänzende Messingkugel zierte.

Klein, mit einem mächtigen, weißen Schnurrbart, der seitlich weit über sein Kinn hinausragte, und einem stets grimmigen Gesichtsausdruck war er sich seiner Bedeutung voll bewusst.

Ich mochte ihn nicht und fürchtete seine drakonischen Strafen.

Geschwätzige, „nicht andächtige" Kinder pflegte er mit gekrümmtem Zeigefinger aus den Bänken herauszuwinken und sie im Mittel- oder Seitengang an den Pranger zu stellen. Dort mussten sie dann stehend, von den übrigen Kirchgängern angegafft, bis zum Ende des Gottesdienstes ausharren.

Die Abneigung beruhte auf Gegenseitigkeit. Mit finsterem Blick musterte er mich von Kopf bis Fuß und zwirbelte seinen Schnurrbart.

„Nicht wieder rumschwätzen und kichern, denk daran, du bist im Hause Gottes. Mütze ab! Vergiss den Weihwasserkessel und das Kreuzzeichen beim Hineingehen nicht!"

Die Kirchenlieder sang ich auswendig mit. Das machte die Übung. Besonders laut schmetterte ich „Großer Gott, wir loben dich", denn ich wusste, wenn die Orgel diesen Choral anstimmte, näherte sich die Messe ihrem Ende.

Die Worte, die der Pastor am Altar, teils lautstark, teils murmelnd von sich gab, mussten ein großes Geheimnis sein. Denn wer der andächtigen Gläubigen verstand schon die lateinische Sprache? *Als Messdiener lernte ich diese Verse später auswendig, ohne deren Bedeutung zu verstehen.*

Der Pfarrer bestieg die Kanzel. Die Gläubigen durften sich setzen. Er begann seine Predigt immer mit den gleichen Worten:

„Liebe Brüder und Schwestern im Herrn ..."

Diesmal jedoch stockte der Pfarrer bei der Einleitung zu seiner Ansprache. Ein Raunen ging durch die Reihen der andächtigen Zuhörer.

Durch den breiten Mittelgang des Gotteshauses näherte sich eine sonderbare Prozession dem Altar.

„Das ist doch der Struppi!", flüsterte Doris mir zu.

Die Blicke aller Kirchenbesucher wandten sich uns zu. Christa wäre am liebsten im Boden versunken. Struppi lief, unbeeindruckt von der Heiligkeit des Ortes, zielstrebig auf den Altar zu – vier seiner Welpen im Gefolge.

Wir Kinder saßen wie immer in den ersten Bänken, nahe dem Altar. Offensichtlich suchte der Hund seine Familie. Er hatte Doris entdeckt. Mit freudigem Gebell sprang er an ihr hoch und landete mit einem Satz auf ihrem Schoß.

Wir mussten etwas unternehmen.

„Gerd, du zwei, ich zwei!", flüsterte ich meinem Vetter zu.

Wir schnappten uns die laut quiekenden Welpen und machten, dass wir rauskamen.

Kirchenschweizer Emil verschlug es die Sprache. Mit offenem Mund und zur Salzsäule erstarrt ließ er uns passieren. So etwas war ihm in seiner langen Laufbahn noch nicht widerfahren.

Für uns war die Heilige Messe zu Ende.

Dieses außergewöhnliche Hochamt sollte so schnell nicht in Vergessenheit geraten. Die Zeitungen berichteten darüber und noch lange Zeit lachte man im Dorf über den Zwischenfall.

Nicht zum ersten Mal hatte der Hund das Gotteshaus entweiht. Schon früher einmal – die Andacht hatte noch nicht begonnen und wir saßen wie immer in den ersten Reihen – sahen wir unseren Struppi um den Altar herumspringen, schnuppern und – man stelle sich vor – das Bein heben! Völlig untypisch für eine Hündin. Das musste er Bodo abgeschaut haben. Ich schämte mich seiner und verleugnete ihn, tat so, als würde ich ihn nicht kennen. Kurzentschlossen packte der Kirchenschweizer den Frevler und setzte ihn vor die Tür. Nach Beendigung des Gottesdienstes entlarvte uns Struppi. Er hatte vor dem Portal auf uns gewartet.

Er konnte einfach nicht alleine sein, dieser Hund. Die Einsamkeit machte seiner Hundeseele zu schaffen. Einsperren, festbinden – alles vergebens. Der Drang hin zu seinen Menschen war stärker als jede Gefängnistür und jeder Strick. Irgendwie schaffte er es immer, sich aus jeglicher Haft zu befreien.

So haben Hunde in der Schule bekanntlich ebenfalls nichts verloren. Das war jedermann bekannt, nur Struppi nicht oder aber setzte er sich über dieses Verbot hinweg.

Wieder einmal ausgebüchst, folgte er uns auf dem Weg zum Unterricht, instinktiv den gebührenden Abstand wahrend, um nicht vorzeitig entdeckt zu werden.

Die Schulglocke läutete zum Unterricht. Durch die schmalen Fenster drangen spärliche Lichtstrahlen in den kahlen Klassenraum. Die große schwarze Schultafel hinter dem Lehrerpult schaute bedrohlich zu mir herab. Ich übte das Amt des Türstehers aus und sah aus der Ferne Rektor Dellwo den langen Gang entlang auf das Klassenzimmer zueilen.

„Der Holzbeinreiter kommt!", rief ich meinen Klassenkameraden zu.

Mucksmäuschenstill stellten sich die Kinder neben ihren Schulbänken auf.

Für uns war der Rektor eine gefürchtete Respektsperson. Nicht so für Struppi. Der hatte sich durch den Spalt der sich schließenden Tür ins Klassenzimmer gemogelt und lief durch die Bankreihen auf der Suche nach Doris. Ich hielt den Atem an.

„Setzen!" Dellwo erstarrte, vor seinem Pult stehend. „Wem gehört der Hund?"

Mit leiser, drohender Stimme schritt er die Schulbänke ab, mal nach rechts, mal nach links blickend, und baute sich bedrohlich vor mir auf.

Eine Antwort auf seine Frage erübrigte sich, denn inzwischen hatte Struppi Doris gefunden und begrüßte sie laut quietschend.

Rektor Dellwo war unerbittlich:

„Doris Höllerfuß, schaff den Hund vor die Tür!"
Doris, mit Struppi auf dem Arm, musste die Klasse verlassen. Für sie war der Unterricht vorzeitig zu Ende.

Der Rektor, unnahbar und gefürchtet ob seiner harten Strafen, ein Schulmeister, wie er im Buch des 19. Jahrhunderts stand!

Er – ein Freund von Opa? Das hatte ich nie begriffen!

Sobald er den Schülern den Rücken kehrte, erklang es im Chor, unser Spottlied: „Dellwo, Holzbeinreiter! Dellwo, Holzbeinreiter!"

Auf seinen zwei Holzbeinen bewegte sich der Rektor erstaunlich sicher. Wer nicht Bescheid wusste, konnte ihm die Folgen einer Kriegsverletzung nicht ansehen.

Seinen Schülern hingegen waren die Prothesen bestens bekannt, vor allem denjenigen, die schon einmal direkten Kontakt mit ihnen hatten.

In jener Zeit erhoffte man noch zuversichtlich, Kindern Gehorsam und Pflichtbewusstsein mit dem Rohrstock einbläuen zu können.

So pflegte der Rektor den Kopf eines Delinquenten zwischen seine Knie zu pressen, bevor der Stock auf den Hosenboden des Selbigen herniedersauste. Die Kniegelenke seiner Prothese waren mit zwei nach innen herausragenden Metallschrauben befestigt, die nach erfolgter Strafaktion am Kopf des Übeltäters ihre Druckspuren hinterließen.

So war der zu allem Überfluss auch noch für jedermann als Übeltäter gebrandmarkt.

★

„Prinz Carl."

Der Schriftzug glänzte in goldenen Lettern über dem Eingangsportal des weißen Prachtbaus aus der Gründerzeit, dem einzigen Hotel im Dorf, schräg gegenüber der Kirche.

Schulrektor Dellwo, Dr. Leven und der Brauereibesitzer Höllerfuß trafen sich hier mit Opa nach der Messe zum Frühschoppen bei einem Gläschen Sekt.

Schulz wartete derweil mit dem Einspänner vor dem Portal. Der Fuchs-Wallach langweilte sich und scharrte ungeduldig mit den Hufen, als Opa endlich aus der Tür trat, gut gelaunt, Tante Leni am Arm. Offenbar hatte die Damengesellschaft seine Seele aufgeheitert.

Schulz half ihm in die Kutsche, und es ging zurück zum Heckerhof; drei lange Kilometer bergauf. Für Kinder blieb in dem Einspänner kein Platz. Opa winkte uns zu, als uns die Kutsche überholte.

Zuhause angekommen zog Bratenduft in meine Nase. Beten macht hungrig! Die Kartoffeln dampften in der Schüssel auf dem Tisch.

„Mahlzeit."

Opa betrat das Esszimmer und wir sprachen das Tischgebet:

„Komm, Herr Jesus, sei unser Gast und segne, was du uns bescheret hast."

Über den Zwischenfall während des Gottesdienstes verlor niemand ein Wort. Kinder hatten bei Tisch allemal den Mund zu halten!

Ich freute mich schon auf den Nachtisch. Nur sonntags servierte Dora Wackelpudding mit Vanillesoße, mal grünen, mal roten.

Opa füllte sich sein Schälchen mit der heimtückischen Masse, goss die gelbe Soße darüber und führte den gefüllten Löffel zum Mund. Aller Augen waren auf ihn gerichtet.

Der Wackelpudding tat das, was er seinem Namen schuldete, er wackelte. Je mehr sich der Löffel Opas Mund näherte, desto intensiver zitterte seine Hand. Nicht Ungeschicklichkeit, sondern der Morbus Parkinson ließ seine Hand erzittern.

Für mich war das Geschehen ein Schauspiel:
Der Pudding setzte sich in Bewegung. Opa konzentrierte sich voll auf den Löffel. Das Zittern verstärkte sich.

Gemein von mir, aber ich hoffte auf das Unvermeidliche.

Alle seine Anstrengungen waren vergebens! Der Pudding landete, wie erhofft, auf der Tischdecke. Wir prusteten los.

„Alberne Gänse!", bemerkte Opa unwirsch.

Seit diesem Sonntagsmahl blieb Wackelpudding von der Speisekarte gestrichen.

Die Mahlzeit endete, wie sie begonnen hatte, mit einem Gebet:

„Lieber Gott, wir danken dir, mache auch den Armen satt, der vielleicht noch Hunger hat."

Nun war es Zeit für Opas Mittagsschläfchen.

Ungebetene Gäste

Neben Haus- und Nutztieren fühlten sich auf dem Hof viele ungebetene Mitesser wie zuhause.

Tauben füllten sich den Kropf mit Erbsen, Stare pickten die Kirschen an, Wespen ließen uns nicht an die Birnen, Maden saßen in den Himbeeren und Raupen fraßen Löcher in Kohlblätter.

Auf dem Kornspeicher und in den Schweineställen wimmelte es nur so vor Ratten und Mäusen. Sie nagten die Getreidesäcke an und machten die Schweine krank.

Kartoffelkäfer, besonders gefräßige Krabbeltiere, ließen kein grünes Blatt an den Pflanzen.

Spatzen stahlen die Saat.

Wir waren bestens für die Jagd ausgerüstet:

Fletsch, Luftgewehr und Knüppel zur Vernichtung der Schädlinge.

✴

Spatzen, auch Sperlinge genannt.

Heute hört man ihr Tschilpen nur noch selten Es fehlt ihnen an passenden Brutplätzen. Sie stehen auf der Roten Liste und sind vom Aussterben bedroht.

Ich freue mich über freche Spatzen, wenn sie sich vom Gartentisch Kuchenkrümel klauen.

✴

Es sind gesellige Tiere. Auf dem Heckerhof traten sie in Scharen auf und vertilgten die Saat.

Ihre Schwärme bevölkerten die großen Linden vor dem Kuhstall. Unter dem dichten Laub fühlten sie sich sicher und veranstalteten einen Höllenlärm. Ich kannte auch den Ort, wo sie ihre Nisthöhlen bauten. Unter dem überhängenden Dach des Heuschobers, gegenüber den Bäumen hatte der Zahn der Zeit tiefe Risse und Höhlen ins Mauerwerk genagt. In von Efeu überrankten und von maroden Balken eingefassten Nischen fanden die Vögel den idealen Platz für ihre Brutkolonien.

In Opas Augen blieben sie Schädlinge, die sich jedes Frühjahr über die frisch ausgebrachte Saat hermachten und den Hühnern die Körner klauten.

Sein Urteil fand ich einseitig und ungerecht. Schließlich fütterten sie ihre Jungen im Nest mit Würmern und allerlei schädlichen Insekten.

Er kannte jedoch kein Erbarmen mit den Vögelchen und rief Prämien für ihren Abschuss aus. Für jeden Spatz zahlte er zehn Pfennig, für jedes Vogelei stellte er fünf in Aussicht.

Viel Geld für kleine Jungen. Durchaus verlockend, den Jagdtrieb in uns zu wecken.

Wir erfanden eine durchaus wirksame und einfach herzustellende Waffe: die Fletsch. Nach einiger Zeit der Übung konnte man damit zielgenau einen Vogel erlegen.

Die Fletsch wird aus Haselnusssträuchern hergestellt: Man schneide einen Haselstock an einer Verzweigung mit dem Taschenmesser ab, fertige daraus ein Y-förmiges Stück mit langem Griff und kürzeren Armen, kerbe die beiden oberen Enden des Ypsilons ein und befestige in der Einkerbung einen Gummi. Die Gummis entwende man aus der Küche, wo man sie von den Einmachgläsern abziehe. Es kommt nur geschmeidiger, nicht brüchiger Gummi in Betracht. Den Griff in der linken Hand, spanne man den Gummi mit einem in der Mitte eingelegten Kieselstein und ziele.

Ich war stolz wie Oskar, als ich zum ersten Mal unter dem wachsamen Auge von Elmar ein Luftgewehr in den Händen hielt. Ich streichelte über das blank polierte Holz des Gewehrschaftes und befühlte den kalten Stahl des Laufes.

Mein Onkel erklärte mir Funktion und Handhabung des Schießeisens:

„Den Lauf nach unten abknicken, Bleihütchen mit dem Kopf nach vorne einsetzen, Lauf gerade richten, bis er einrastet, Gewehrschaft an der linken Schulter abstützen, zielen, Luft anhalten, abdrücken, niemals ein Gewehr auf Menschen richten!"

Nach dieser kurzen und präzisen Anleitung war ich mir meiner Sache sicher und legte mich, das Gewehr im Anschlag, vor den Linden auf die Lauer.

Doch unter dem dichten Laub der Linden konnte man nicht einen einzigen Vogel ausmachen.

Ein Knall, gefolgt von einem Fluch:

„So ein Mist!"

Ich hatte, ohne zu zielen, den Abzughahn zu weit gespannt. Der Schuss ging ins Leere. Kein Spatz fiel vom Himmel.

Aufgeschreckt durch den Schuss erhob sich der Spatzenschwarm in die Luft, nur um sich kurz danach wieder auf seinem Ruheplatz niederzulassen.

Waidmannsheil – für die Spatzen. Da nahm ich doch wohl besser wieder die Fletsch, die knallte nicht.

Eier können nicht davonfliegen. So erhofften wir uns vom Plündern ihrer Gelege eine ausgiebigere Ausbeute als von der Jagd auf die Vögel.

Die Holzleiter an der Wand im Pferdestall war zwar altersschwach, doch das Gewicht eines Neunjährigen würde sie schon noch tragen. So hofften wir und schleppten die Leiter zum Heuschober. Wir bildeten eine Dreierkette. Fips, der Kleinste und Leichteste von uns, kletterte mit einem Beutel aus blauer Baumwolle in der Hand voran.

„Pass auf, die sechste Sprosse ist morsch!", rief ich ihm noch von unten zu, am Fuß der Leiter auf die Eier wartend.

Meine Warnung kam zu spät. Die morsche Sprosse hielt dem Fliegengewicht nicht stand und brach ein. Fips hing in der Luft, hielt sich mit beiden Händen an einem oberen Tritt fest und zappelte mit den Beinen.

„Du musst dich hochziehen!", rief ich ihm zu.

Nach ein paar Klimmzügen erreichten seine Füße die nächstliegende Sprosse und die Ernte konnte beginnen. Vogelei um Vogelei wanderte in den Sack.

„Vorsichtig, sie dürfen nicht kaputtgehen. Für Eierschalen zahlt euer Großvater nichts!"

Mit diesen Worten reichte Wilfried den Beutel an mich weiter.

Wir begutachteten zufrieden unsere Ausbeute. Die Mühe hatte sich gelohnt: siebenundvierzig kleine, schwarz-grau gesprenkelte Vogeleier.

Die Spatzen pfiffen uns eins. Unser Raubzug tat ihnen nicht weh und gefährdete den Fortbestand der Art nicht. Sie brüteten dreimal im Jahr

Ratten! Kaum ein Ort auf dem Hof, an dem sie nicht ihr Unwesen trieben. Sie waren schlau, schnell, gefräßig und vermehrten sich wie die Karnickel.

Sie hausten auf dem Kornspeicher, im Schweinestall, im Keller und stahlen den Hühnern das Futter. Nicht einmal die Küken waren vor ihnen sicher. Mit Gift war ihnen nicht beizukommen.

Es ging auf Rattenjagd im Kornspeicher, einem Fachwerkbau auf erhöhtem, solidem Fundament, links gegenüber dem Pferdestall. Eine steile Steintreppe führte zu dem fensterlosen Gebäude.

Bei dieser Jagd blieben wir Zuschauer.

Heinz, Horst und Herr Bürger hatten sich mit dicken Knüppeln, Stiefeln und Lederhandschuhen bewaffnet. Wir Kinder durften nicht mit hinein.

„Zu gefährlich! Wenn sie in die Enge getrieben werden, greifen sie Menschen an", wusste Norbert.

Die Männer verschwanden mit Struppi im Kornspeicher und verschlossen die Tür von innen. Struppi sollte die Ratten aufstöbern und sie den Jägern vor die Knüppel treiben.

Immer nur einer von uns konnte das Geschehen durch die schmale Luke in der Tür beobachten. Ich stellte mich auf die Zehenspitzen und wurde Zeuge eines blutrünstigen Schauspiels.

Die Ratten hatten sich hinter Säcken und in Ecken und Winkeln verkrochen. Sie rechneten nicht mit Struppi. Der war in seinem Element. Der Jagdtrieb war ihm angeboren, und Angst kannte er nicht. Im dämmrigen Licht des Speichers sah ich die erste Ratte über den Boden huschen. Struppi hinterher. Sie lief auf Heinz zu.

„Da, Heinz, vor dir! Pass auf, dass du den Hund nicht triffst!", rief ihm Herr Bürger zu.

Heinz holte zum Schlag aus und zielte.

Der Knüppel sauste auf die Ratte nieder. Das Tier stieß einen gellenden Todesschrei aus. Sein Blut spritzte Heinz gegen die Stiefel.

Struppi leistete ganze Arbeit. Aus allen Ecken und Löchern kamen sie nun hervor. Doch nicht jeder Schlag war ein Volltreffer. Die Schreie der Ratten gingen mir durch Mark und Bein.

Am Ende der Jagd zählten die Jäger eine Strecke von dreißig Tieren.

Opa zahlte zwanzig Pfennig für jede erlegte Ratte. In kurzer Zeit würden sich ihre Bestände erholt haben.

Kartoffelferien

Die Herbstferien dienten nicht der Erholung vom Schulstress. In diesen Wochen mussten die Kartoffeln aus dem Boden! Bei der Ernte wurden alle Hände auf dem Feld gebraucht, auch die von uns Kindern.

Frühmorgens glitzerte Raureif auf den Wiesen. Das grüne Laub der Linden begann zu vergilben und einzelne Blätter trudelten auf das Kopfsteinpflaster vor dem Gutshaus. Die Luft roch nach Herbst. Das Getreide war längst eingefahren. Nur die Zuckerrüben warteten noch auf ihre Ernte.

Struppis Welpen waren inzwischen herangewachsen und balgten sich um einen alten Knochen. Bodo hatte die Onkelrolle übernommen und unterstützte die Hündin bei der Erziehung. Er maßregelte die Halbstarken, wenn sie über die Stränge schlugen. Lautes Gequieke – diese Lektion hatte gesessen. Sie würden sich nie wieder vor ihm an den Futternapf wagen.

Kika hatte zwischenzeitlich den Heckerhof verlassen. Zwischen ihr und Dora hatte es seit Langem geschwelt. Opa hatte sich entscheiden müssen. Bei seiner Wahl zur Hauswirtschafterin hatte er Dora den Vorzug gegeben, weil, wie er sagte, sie die besseren Reibekuchen backte. Reibekuchen waren schließlich sein Leibgericht. Oder war der Verwalter der Grund der Kündigung gewesen? Kikas Interesse an Herrn Müller war Opa immer ein Dorn im Auge gewesen, hatte er doch ganz andere Pläne mit ihr gehabt ...

Kartoffelanbau war mühsam – vom Setzen der Saatkartoffeln bis zur Ernte.

Im Frühsommer machten sich Kartoffelkäfer über die Jungpflanzen her und fraßen sie ratzekahl ab. Gelb-schwarz-gestreifte Untiere, doppelt so groß als Marienkäfer, mit einem unersättlichen Appetit. Über die Giftspritze lachten sie nur. Um ihrer Herr zu werden, blieb nichts anderes übrig, als sie von den Pflanzen abzusammeln.

Keine beliebte Arbeit bei den Landarbeitern, jedoch gerade passend für Kinder, sind sie noch klein und müssen sich nicht so tief bücken. Außerdem zahlte Opa 50 Pfennig für jede Dose voller Kartoffelkäfer. Ihr orangefarbiges Sekret verfärbte die Hände nachhaltig und ließ sich auch mit Seife und Bürste nicht so leicht entfernen.

Kartoffelkäfersammeln machte durstig.

Von dem hart verdienten Geld kauften wir uns beim Krämer in Irlenborn Brausepulver mit Himbeere-, Waldmeister- oder Zitronengeschmack.

In leere Cola-Flaschen geschüttet und mit Wasser aufgefüllt, wurde daraus ein erfrischendes, wohlschmeckendes Getränk.

Der Weg nach Irlenborn war weit und voller Gefahr. Die Kinder aus dem Nachbardorf waren uns nicht wohlgesonnen.

Vorbei an feindlichen Jungen und Mädchen machten sich Doris, Mädi und Gisela auf den Weg, um außer Brausepulver den Vorrat an Brot für die Woche zu besorgen.

Auf dem Heckerhof wurde kein Brot gebacken. So musste man diese Risiken auf sich nehmen und beim Bäcker im Nachbardorf einkaufen. Frisches Brot duftet verführerisch, und der lange Fußmarsch zehrte an den Kräften der Kinder. Die Laibe waren noch warm und unter einer knusprigen Kruste weich. Kein Problem, auf der Unterseite des Brotlaibes mit dem Finger ein Loch zu bohren und den leckeren Teig herauszupulen. So wurde der Brotbeutel leichter und das Brot erschien auf dem ersten Blick unversehrt.

Auf dem Feld zurück lenkten Fips und Mädi Doris ab, während Norbert eine Handvoll Kartoffelkäfer in die Colaflasche fallen ließ und diese mit Brause auffüllte. Doris nahm einen tiefen Schluck und spuckte wild um sich, als sie die Kartoffelkäfer auf der Zunge spürte.

☆

„Die sind ja ganz vertrocknet."

Ich blickte entsetzt auf das schwarzbraune Kartoffelkraut.

„Nee, nee. Mutter Kartoffel hat viele Junge bekommen, tief unten in der Erde. Jetzt braucht sie die Blätter nicht mehr. Du wirst sehen", lachte Onkel Otto.

Beim Roden hatte der Trecker die Pferde abgelöst. Er nahm die einzelnen Reihen zwischen seine Vorderräder. Der Pflug wurde abgesenkt und brach die Erde auf. Ein rotierendes Rad mit langen, gebogenen Eisenstangen warf die Erdäpfel zusammen mit Steinen und Erdklumpen zur Seite.

Tiefgebückt, große ovale Drahtkörbe mit Holzgriffen in den Händen, folgten die Sammlerinnen dem Trecker in sicherem Abstand.

„Die Grünen lasst liegen, die sind giftig!", rief Herr Zolper ihnen zu.

Die Körbe füllten sich mit Kartoffeln: dicke, kleine, runde, ovale Knollen, die Formenvielfalt war schier unerschöpflich. Einige Kartoffeln hatten die Pflugscharen zerschnitten.

„Alles in die Körbe, sortiert wird später!", kommandierte Herr Haupt.

Die Männer auf dem nachfolgenden Kastenwagen nahmen die schweren Körbe entgegen. Die Kartoffeln polterten in den Holzkasten.

In der Maschinenhalle des Hofes warteten schon die Sortiererinnen.

Auf einem großen Rüttelsieb fielen kleine Kartoffeln zusammen mit lockerer Erde durch die Drahtmaschen. Angeschnittene Früchte bekamen die Schweine, natürlich abgekocht. Die Kartoffeln wurden in Säcke abgefüllt, gewogen und auf den Wagen verladen. Öhm stand an der Waage und führte Protokoll.

„Montag bringt Horst sie zur Genossenschaft. Wenn ihr wollt, könnt ihr ja wieder mitfahren."

„Montag? Dann sind die Ferien doch vorüber und wir müssen wieder zur Schule!"

Wir sahen uns traurig an und trotteten mit gesenkten Köpfen zum Gutshaus. Schon aus der Ferne entdeckte ich den mausgrauen VW. Vati erwartete uns am Eingangsportal.

„Was macht ihr denn für Gesichter? Wollt ihr euren Vater nicht begrüßen? Kommt erst mal rein. Aber vorher die Schuhe ausziehen!"

Dora nahm uns in Empfang.

Missmutig standen wir unserem Vater gegenüber. Struppi hingegen freute sich über den Besuch und sprang schwanzwedelnd an Vatis Hosenbein hoch.

„Ich habe schlechte Nachrichten." Vati blickte uns ernst an. „Zuhause in Leichlingen ist eine Seuche ausgebrochen. Kinderlähmung. Es hat schon viele Krankheitsfälle gegeben. Montag kommt Dr. Leven, um euch zu impfen. Ist nur ein kleiner Pieks in den Oberarm. Bis die Impfung wirkt und euch vor Ansteckung schützt, müsst ihr auf dem Heckerhof bleiben. Mindestens noch zwei Wochen!"

Schlechte Nachrichten? Ich konnte mein Glück kaum fassen. Über die schlimme Seuche, Dr. Leven und seine schmerzhafte Injektion machte ich mir keine Gedanken. Der Tag war gerettet und die Winterferien rückten in greifbare Nähe ...

Nachwort

Als zweiter Sohn eines Gutsbesitzers in der Warburger Börde musste Großvater seinerzeit den elterlichen Hof dem älteren Bruder überlassen. Das Gesetz verbietet dort eine Erbteilung. So siedelte er sich mit seiner jungen Familie Anfang des Jahrhunderts auf den Höhen des Siegerlandes an.

Bei Ablauf der Pachtzeit war der Verpächter hoffnungslos überschuldet. Der Vertrag wurde nicht verlängert und der Hof mit all seinem Inventar geriet unter den Hammer des Auktionators.

Das Gut wechselte in der Folgezeit häufig die meist glücklosen Besitzer.

Heute ist der Heckerhof ein Ortsteil von Eitorf. „Unser" Hof wurde in „Heckenhof" umbenannt.

Diese „Vertreibung" überlebte Großvater nicht lange.

Er starb zwei Jahre später, 78 Jahre alt. Alte Bäume kann man nicht verpflanzen.

Struppi beendete sein Hundeleben zurückgezogen in dem alten Betonrohr vor dem Kornspeicher, ganz so, wie Hunde es zu tun pflegen, wenn sie ihren herannahenden Tod spüren.

„Wenn wir einmal groß sind, kaufen wir den Heckerhof zurück!", hatten Doris und ich uns geschworen.

Die Absicht blieb ein unerfüllter Traum. Wir waren zu gegebener Zeit noch nicht groß genug und reich wurden wir nie.

Nach fast sechzig Jahren gab es für mich ein Wiedersehen mit den Stätten meiner Kindheit.

Nichts, bis auf die Linienführung der Landschaft, war so geblieben, wie ich es in Erinnerung hatte.

Gutshaus, Stallungen und Wirtschaftsgebäude hatten Hotel und Clubanlagen weichen müssen. Lediglich der alte Kuhstall war erhalten geblieben, die Stallungen der Kühe waren zu Boxen für Reitpferde umgebaut worden.

Das Schlimmste in meiner Wahrnehmung war der Mord an den Bäumen.

Nicht nur die alte Pappel war der Motorsäge zum Opfer gefallen. Die riesigen Linden vor dem Gutshaus und dem Kuhstall, über hundert Jahre ständig gewachsen, jedes Frühjahr in frischem Laub, Heimat unzähliger Vögel – an nur einem Tag gefällt.

„Sie nahmen bloß das Licht. Zudem jedes Jahr die Arbeit mit dem Laub. Außerdem brauchten wir mehr Parkplätze."

Bei solchen Argumenten befiel mich ohnmächtiger Zorn.

„Zu fällen einen schönen Baum
braucht's eine Viertelstunde kaum.
Zu wachsen, bis man ihn bewundert,
braucht er, bedenkt es, ein Jahrhundert!"
Eugen Roth

Im Osten steigen die Berge des nahen Westerwaldes an.

Der Blick schweift auf der Suche nach Vertrautem nach Westen zum Siebengebirge hinauf. Er findet endlose, akkurat gepflegte Rasenflächen, auf denen ein Grashalm dem anderen gleicht, sucht jedoch vergeblich nach Insekten, Vögeln und wilden Blumen.

Einst fruchtbares Ackerland wurde zu einem Golfplatz, einem Ort, an dem Besserverdienende in vermeintlich heiler Natur ihrem Freizeitvergnügen nachgehen.

Ich will denen weder ihren Sport verleiden noch verüble ich ihnen ihre Ignoranz, ahnen sie doch nichts von früher, als auf den sterilen Rasenflächen, über die sie heute ihre Bälle schlagen, noch Kühe weideten, als dort Weizenfelder im Wind wogten.

Vergangenheit ist etwas Nüchternes und Sachliches, so wie getrocknete Blumen. Erinnerung aber, das ist der Duft der Blumen, der geblieben ist.

Wer die Landschaft in Erinnerung hat, wie sie einmal war, wendet seinen Blick traurig ab.

Ich habe den Heckerhof nie wieder besucht.

Wir „Heckerhofkinder" wurden in alle Winde zerstreut und haben uns dennoch nie völlig aus den Augen verloren.

Norbert brachte es im fernen Kanada zu Wohlstand, spricht deutsch mit amerikanischem Akzent und träumt auf Englisch.

Wilfried, genannt Fips, ist Eitorf und dem Heckerhof verbunden geblieben und wohnt bis heute dort.

Aus Dummo wurde ein angesehener und wohlhabender Schornsteinfeger.

Bürgers erwarben einen eigenen Hof in der Eifel, den heute Rainer, genannt Spatz, bewirtschaftet.

Die Spuren der Familien Schulz und Begel haben sich verloren.

Anhang

„1908 pachtete Franz Hördemann, am 16.04.1880 in Großeder bei Warburg in Westfalen geboren, den 155 Hektar großen Heckerhof und bewirtschaftete ihn bis 1957.

Josef Diwo hat die Verdienste Hördemanns (der auch Vorsteher der Gemeinde Merten war) um die Gemeinde Eitorf wiederholt gewürdigt.

Hördemann hat – allem Eigennutz abhold – das Ansehen seiner neuen Heimatgemeinde Eitorf jahrzehntelang gemehrt. Er stirbt am 24.04.1958 und findet auf dem Alten Friedhof in Eitorf neben seiner am 23.08.1941 verstorbenen Ehefrau Maria, geb. Lange, seine letzte Ruhe; der schlichte Grabstein trägt nur die Inschrift ‚Eheleute Franz Hördemann'.

Es seien die Namen einiger Melker genannt, die unter Franz Hördemann den Kuhstall versorgten: 1934/35 Gerhard Feldhuis, 1950 Johannes Bekker, 1950 und 1955 Albert Begel ..."

Zitat aus: „Der Heckerhof bei Eitorf" von Josef Hamm aus Eitorfer Heimatblätter Nr. 24/07, S. 25, Heimatverein Eitorf e.V.

Der Film zum Buch bei Youtube: Der Heckerhof bei Eitorf; http://youtu.be/jZV1S2NNYTo

zeichnet werden. Eine Sonderstellung nehmen die landwirtschaftlichen Großbetriebe ein: das **Pachtgut Nannenhohn**, das ehemalige **Klostergut Merten** und der **Heckerhof**. Nicht nur ihre Größe und die dadurch bedingte Rationalität der Bewirtschaftung, sondern auch die Besonderheit ihrer Lage und die Güte des Bodens sind erfolgversprechend. Den **Heckerhof** hat fast fünfzig Jahre **Franz Hördemann** bewirtschaftet. Ob seiner aufrechten und selbstlosen Art ist er in die Heimatgeschichte als ein Mann eingegangen, der in Notzeiten gab. Als seine Standesgenossen oft andere vergaßen und mehr hatten, als ihnen frommte, verzichtete er selbst auf das, was ihm zukam. Auf dem Raum des ehemaligen Klostergutes befindet sich heute das **Union-Gestüt**. Die gut bewässerten Siegwiesen bei Merten und die milden Klimaverhältnisse bieten gute Voraussetzungen für die Aufzucht von Vollblutpferden.

Text aus: „Die Entwicklung Eitorfs im 19. und 20. Jahrhundert" von Josef Diwo, Eitorf, 1968

Der Heckerhof bei Eitorf

von Josef Hamm

Der Heckerhof bei Eitorf ist am 24. April 1445 erstmals genannt. An diesem Tag übereignen Nesa (Agnes), Witwe des Jakob Seynen (Namengebend ist wohl der Ort oder die Grafschaft Sayn), und ihr Ehemann Johann Roede (Roede ist Roth - evtl. Untenroth, Obenroth- oder Rott) die ihnen gehörenden vier Fünftel des Hofes "zo Hecke in dem kirspele van Eythorp geleygen" unter Vorbehalt des Nießbrauchs für die Zeit ihres Lebens dem St. Nikolausaltar in der Kirche zu Blankenberg; es siegeln Gerhard, Herzog von Berg, Landdrost Gawin von Schwarzenberg, Amtmann zu Blankenberg, sowie Schultheiß und Schöffen zu Blankenberg (Alle Siegel sind ab) 1).

Nach H. Dittmaier ist dieser Heckerhof zwar schon 1221 erwähnt 2); es ist aber so gut wie sicher, dass es sich bei dieser Erwähnung nicht um den Heckerhof bei Eitorf handelt. 1221 erscheint in einer Urkunde der Abtei Siegburg der Siegburger Schöffe Heinrich "de Hecke" als Zeuge 3). Er saß wahrscheinlich auf dem Heckershof bei Siegburg. Dieser Hof lag im heutigen Stadtgebiet von Siegburg, zwischen der Aulgasse und der Agger (heute findet sich dort der Straßenname: Am Heckershof) 4). Dieser Heckershof war - anders als der Heckerhof bei Eitorf, der ungeachtet seiner Größe und seines adligen Eigentümers noch gegen Ende des 18. Jahrhunderts ein gemeiner (gewöhnlicher) Hof, im 19. Jahrhundert aber mit dem Rittergut Welterode verschmolzen ist, wie sich aus der angegebenen Gesamtmorgenzahl von "Haus Welteroth" errechnen läßt 5) - ein adliger Hof: Dafür spricht nicht nur, dass die Schöffen von Siegburg Adlige waren, sondern auch, dass er noch 1492 einen Bergfried besaß 6). 1417 ist in einer - nach 1938 verschollenen? - Urkunde ein Schöffe von Eitorf namens Thiel "vom Wusten Hecken" genannt 7). Diese Siedlung ist sonst unbekannt; vielleicht liegt ein Lesefehler vor: Evtl. handelt es sich um Mullen Acker (= Müllenacker). Am 13. 07. 1556 ist ein Thiel (= Tilmann, Dietrich) von Heck(= Heckerhof bei Eitorf) erwähnt: Von ihm erhält die Frau (Meisterin, Vorsteherin des Klosters Merten 8) im Tausch "ein ordt erffs in der Bach by der moelen in der Bach (bei Merten) ... 9). Gemäß einem Bericht über die Blankenberger Vikarien vom 19. 12. 1582 besitzt die Vikarie des hl. Nikolaus den Hof zu "Heck" mit einem Ertrag von je 20 Malter Roggen und Hafer, 6 Säuen, 6 Quart Butter und anderen "liebnussen" 10]. Am 03. 06. 1585 tauscht Wilhelm von Nesselrode zu Ehreshoven, jülichscher Rat und Amtmann zu Blankenberg, erblich mit der Stadt Blankenberg die Vikarie des Altares "Unserer Lieben Frauen" (der mit einem Hof zu Geisbach bei Hennef und einem Haus zu Blankenberg fundiert ist) gegen die Vikarie des St. Nikolausaltares in der Pfarrkirche zu Blankenberg 11). Der Grund für diesen Erbtausch war offensichtlich das Bestreben Wilhelms von Nesselrode, den nahe bei Burg Welterode gelegenen Heckerhof an sich zu bringen.

Die Herren von Nesselrode ließen den Heckerhof von einem Halfen (der die

Ausschnitt aus der Urkunde von 1445. Oben rechts wird der „Hoff

Hälfte des Ertrages als Pachtzins abgeben mußte), später von einem gewöhnlichen Pächter bewirtschaften. Dieser Halfe war auch steuerpflichtig: So mußte 1644/45 der Halfmann zu "Heck" jährlich auf seinen Gewinn 8 Schilling Herbstschatz, 8 Schilling Maischatz, 2 Fuder Saathafer, Vogthafer aus der Wiese "unter dem Irlenborn" und 2 Hühner seinem Landesherrn, dem Herzog von Berg, zahlen 12

Das Bild zeigt auf der rechten Seite die Arbeitsstätte des Schweizers, wo die Milch gelagert und verarbeitet wurde. Das stattliche Gebäude mit der Giebelansicht ist das alte Wohnhaus. Im Hintergrund links erkennen wir den langgestreckten Rinderstall. Davor stehen Scheunen und Wohngebäude. In dem Fachwerkgebäude sind Pferde und Schweine untergebracht. An seiner Rückseite ist die Schmiede des Hofes. Gut ist die Einzäunung durch eine Weißdornhecke zu erkennen. Bild um 1905.

Die Namen einiger Halfen und die Vornamen der Mitglieder einer Landarbeiterfamilie auf dem Heckerhof finden sich in den Eitorfer Kirchenbüchern 13): Am 28. 01 1663 ist Johann NN "Halffman zu Heck"; er ist zusammen mit Maria in der Bach Taufpate in Eitorf 14). Am 08. 04. 1663 ist wohl derselbe Johann(es) "Halffmann zu Heck"; er ist zusammen mit Katharina, Halfmannsfrau zu Welteroth, Taufpate in Eitorf 15). Am 28. 09. 1685 lassen Tewes (= Matthäus) und Elisabeth, Eheleute, "servientes (Dienstleute) aüffm Heckerhoff", ihren Sohn Andreas in Eitorf taufen;Taufpaten sind Antonius "villicus (Halfe), Andreas aus Neunkirchen und "villica" (Halfmannsfrau) auf der Juckenbach (bei Eitorf) 16) (der Name Andreas erinnert an die damals schon jahrhundertealten Verbindungen des Kirchspiels Neunkirchen im Amt Blankenberg mit dem Kölner St. Andreas-

stift). Der Taufpate Antonius "villicus" ist identisch mit "Thönnes zu Heck", der zwei Tage später, am 30. 09., seine Tochter Susanna Margareta in Eitorf taufen läßt 17). Sein Familienname ist Alfter. Er ist identisch mit "Tönnis Alffter", der am 15. 04. 1684, und mit "Antonius von Alffter", der am 23. 07. 1684 als Halffmann des Klosters Merten genannt ist 18).

Der - spätere - Heckerhofer Halfmann Anton Alfter heiratet am 03. 02. 1681 in Eitorf Katharina Juckenbach, die um 1655/63 als Tochter der Eheleute Hilger und Elisabeth Juckenbach, Halfleute zu Juckenbach, in Juckenbach (nahe beim Heckerhof gelegen) geboren ist. Anton

Alfter ist der erste nachweisbare Träger dieses Familiennamens im Kirchspiel Eitorf. Woher Anton Alfter und seine Verwandten (Brüder?) Jakob und Engelbert Alfter in das Kirchspiel Eitorf kamen, ist ungewiß. Vielleicht kamen sie aus Linz am Rhein, wie Pfarr-Rektor Theodor Sukopp vermutet und nachzuweisen versucht 19). Sukopp hat aber in seiner diesbezüglichen Untersuchung die Mertener Klosterakte, in der "Tönnis Alffter" resp. "Antonius von Alffter" erscheint, nicht berücksichtigt. Die Namensbezeichnung Antonius "von Alffter" läßt vermuten, dass Anton Alfter aus Alfter bei Bonn stammt. Er ist evtl. identisch mit Antonius, der am 03. 11. 1647 als Sohn des Matthias vom Mühlenberg in Alfter getauft worden ist. Es mag sein, dass die Alfter diesen ihren Familiennamen erst als Mertener Halfen erhalten haben. Das wohl erste Kind der Eheleute Anton und Katharina Alfter ist Güdgen (Güdchen, Gudula), geboren 1681/83. Güdgen trägt den Vornamen ihrer am 14. 07. 1658 in Eitorf getauften Tante Gudula Juckenbach. Güdgen Alfter heiratet am 16. 07. 1701 in Eitorf Hans Heinrich Windscheif (getauft am 01. 02. 1671 - gestorben am 01. 04. 1713 aus Juckenbach, Sohn der Eheleute Gerhard Windscheif und Immel (Emilie) NN, und am 23. 01. 1714 in Eitorf Peter Welteroth aus Eitorf, Sohn der Eheleute Walraf Welteroth und Anna (Ottersbach?). Aus den beiden Ehen Güdgen Alfters gehen u. a.

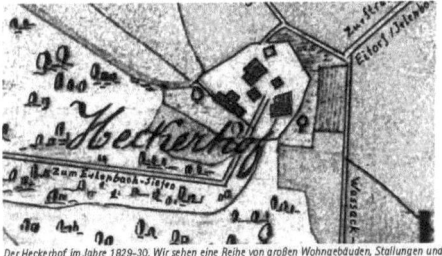

Der Heckerhof im Jahre 1829-30. Wir sehen eine Reihe von großen Wohngebäuden, Stallungen und Scheunen. Das ganze Gelände ist wie schon im Mittelalter noch immer von einer dichten Hecke eingezäunt, die an Stellen von Wegen durchbrochen sind. Die Verbindungswege rechts nach Eitorf, Irlenborn und Wassack verlaufen heute ähnlich. Der obere Weg nach Eitorf und die Verbindung durch den Siefen des Erlenbaches nach Schiefen gibt es heute nicht mehr.

Johann Engelbert Windscheif, geboren (resp. getauft) am 03. 10. 1703 in Jukkenbach, und Maria Agnes Welteroth, geboren (resp. getauft) am 03. 01. 1720 in Juckenbach, hervor 20). Güdgen (Gudula) Alfter ist bei Sukopp nicht erwähnt, auch nicht ihre obengenannte Schwester Susanna Margareta; Güdgen Windscheif, geb. Alfter, ist am 07. 05. 1702 Taufpatin in Eitorf. Anton Alfter ist am 08. 10. 1714 Taufpate in Eitorf; am 20.01.1726 ist er auf dem Heckerhof gestorben, ebenda ist am 01.04.1723 seine Frau Katharina gestorben. Es ist darauf hinzuweisen, dass Katharina Elisabeth und Anna Maria Constantia Alfter, in Eitorf getauft am 24. 08. 1699 HYPERLINK http://resp.am resp. am 10. 05. 1702, Töchter der Eheleute Anton und Katharina Alfter zu "Heck" (Heckerhof) - nicht zu Bach 21) - sind.

Bei Ausschachtungsarbeiten stieß man 2007 auf alte Mauerfundamente, die auf ein festes mittelalterliches Gebäude schließen lassen. Es sind zum Teil gewaltige Basaltlava-Felsbrocken, die von weither heran, mühsam über kaum passierbare Feldwege geschafft wurden. Es hatte seinen Grund gehabt, weshalb man dieses in unserer Gegend nicht verfügbare, estrem feste Material zu der hiesigen Grauwacke vorgezogen hat.

Die Alfter gehörten seit ihrem Erscheinen im Kirchspiel Eitorf bis in die fünfziger Jahre des 20. Jahrhunderts hinein zu den bekanntesten Eitorfer Familien: Heinrich Alfter, geboren am 19. 12. 1894 in Eitorf 22) (-Kelters?), Bruder des am 18. 07. 1896 in Kelters bei Eitorf geborenen Dr. Joseph Alfter 23), war seit 1945 Mitglied des Kreistages des Siegkreises und seit 1947 gewähltes Mitglied des Landtages Nordrhein-Westfalen 24), von 1946 bis 1951 auch Vorsitzender des Aufsichtsrats der Eitorfer Raiffeisenbank 25) ; er starb am 12. 05. 1951 in Oeynhausen.

Nach Anton Alfter ist in der ersten Hälfte des 18. Jahrhunderts Johann Peter Feld Halfmann auf dem Heckerhof. Dieser Halfe und seine Ehefrau Elisabeth Alfter lassen am 05. 12. 1723 in Eitorf ihren Sohn Johannes Bartholomäus taufen; Taufpaten sind der Geschworene Bartholomäus Nüchel von Mierscheid und Gertrud Feld von Bülgenauel. Am 29. 01. 1742 lassen dieselben Eheleute in Eitorf ihren Sohn Jodokus Hermann taufen; Taufpaten sind der Eitorfer Gemeindeschöffe Jodokus Hermann Müller und Anna Katharina Nüchel.

Nach dem Wegfall des Halfen-(Halbwinner-)Wirtschaftssystems finden sich im 19. und 20. Jahrhundert „Gutspächter" auf dem Heckerhof; der bekannteste von ihnen ist im 19. Jahrhundert Erasmus Krumbach; er ist auch Rentmeister des Reichsgrafen von Nesselrode-Ehreshoven zu Weiterode. Erasmus Krumbach wird am 13. 02. 1812 in Siegburg als ehelicher Sohn des Ackersmannes Jacob Krumbach und der Christina Dupange' geboren; er vermählt sich am 15. 05. 1831 in Oberpleis mit der laut Totenzettel am 11. 01 1811 in Bellinghausen geborenen Helene Bellinghausen und hat mit ihr vierzehn Kinder.

Dreier dieser Kinder sei besonders gedacht:

1) Barbara Krumbach heiratet am 17. 09. 1866 in Eitorf den in Koblenz geborenen Postexpedienten Joseph Franz Richard Trapet, ehelichen Sohn des in Andernach wohnhaften Geometers Joseph Trapet und der (vor 1858?) verstorbenen Maria Anna (so die standesamtliche Eintragung) resp. Maria Franzisca (so die Kirchenbucheintragung) von Lüninck(aus altem, 1845 als freiherrlich anerkanntem Adelsgeschlecht) .

2) Wilhelm Krumbach, geboren am 22. (nicht: 23.) 01. 1847 auf Gut Heckerhof, heiratet am 07. 03. (nicht: 05.) 1878 kirchlich in Eitorf Maria Pesch aus Bülgenauel, Tochter des Ackerers Joseph Pesch und dessen Ehefrau Elisabeth Esser: Trauzeugen sind Heinrich Krumbach aus Josephshöhe und Wilhelm Pesch aus Bülgenauel. Die Braut ist eine Schwester der am 11. 05. 1852 auf dem Fabershof bei Ekrath geborenen, am 27. 11. 1871 in Hohn bei Merten/Sieg (nicht in Mertens, vgl. ihren Totenzettel) verstorbenen, auf dem Friedhof "ad SS Martyres" (= Merten/Sieg) beerdigten Christina Pesch. Wilhelm Krumbach

Ältestes Gebäude des Heckerhofes. Im vorderen Teil des Obergeschosses war eine Gesindewohnung, dahinter ein Scheunenboden. Unter der Wohnung war der Pferdestall. Dahinter schloss sich der Schweinkoben an. Im hinteren Teil des Hauses war die Hofschmiede. Hier wurden die Pferde beschlagen und die Ackergeräte repariert. Das Gebäude steht heute unter Denkmalschutz.

Der Heckerhof bei Eitorf

stirbt am 16. 12. 1919 in Hennef. Er hat ausweislich seines Totenzettels in seiner Heimat Eitorf (er ist evtl. identisch mit dem um 1890 erwähnten Pächter des Gutshofes zu Merten, des jetzigen Gestüts) und zuletzt in Hennef viele Ehrenämter bekleidet.

3) Carl Theodor Krumbach (Rufname: Carl), geboren am 06. 05. 1852 auf Gut Heckerhof als Sohn des "Gutsbesitzers" (besser: Gutspächters) Erasmus Krumbach, wandert zusammen mit seinem Bruder Johann am 08. 02. 1873 nach Nordamerika aus 27). Charles - wie er nunmehr heißt -, als Metallhändler wohlhabend. geworden, ist 1901-02 demokratisches Mitglied des Staatssenats von Nebraska in den USA. Er ist verheiratet, hat einen Sohn und vier Töchter. Erasmus Krumbach, in Geldgeschäften bewandert und als "Geldverleiher" bekannt, "Mitglied des Schul-Vorstandes und Präsident der kirchlichen Gemeinde-Vertretung" 28), kauft schließlich den nahe beim Heckerhof gelegenen, 28 Hektar großen Hof Josefshöhe und stirbt dort am 30. 08. 1876 infolge einer Hirnentzündung. 1894 ist Theodor Rolland Gutspächter 29). 1900 ist Adam Wellstein Gutspächter; er läßt das Gut von Bernhard Wellstein verwalten 30). Außerdem wohnen und arbeiten auf dem Gut die Dienstmägde Agnes Herkenrath und Ida Pfendt, die Knechte Bartholomäus Sterzenbach, Josef und Johann Breuer, Gustav Förster, Friedrich Eduard Emil Böhme, Josef Sedlatzeck, Hermann Heinrich, Johann Friedrich Hirschmann und der Schweizer (Melker) Conrad Ritter.

1908(?) pachtet Franz Hördemann, am

Schwägerin Luise (Wiwi) Gauhe.

16. 04. 1880 in Großeneder bei Warburg in Westfalen geboren, den 142 Hektar großen (davon 112 Hektar Ackerland) Heckerhof und bewirtschaftet ihn bis 1957. Josef Diwo hat die Verdienste Hördemanns (der auch Vorstehen der Gemeinde Merten war) um die Gemeinde Eitorf wiederholt gewürdigt 31). Hördemann hat - allem Eigennutz abhold - das Ansehen seiner neuen Heimatgemeinde Eitorf jahrzehntelang gemehrt. Er stirbt am 24. 04. 1958 und findet auf dem Alten Friedhof in Eitorf neben seiner am 23. 08. 1941 verstorbenen Ehefrau Maria, geb. Lange, seine letzte Ruhe; der schlichte Grabstein trägt nur die Inschrift "Eheleute Franz Hördemann".

Es seien die Namen einiger Melker genannt, die unter Franz Hördemann den Kuhstall versorgten: 1934/35 Gerhard Feldhuis 32), 1940 Johannes Bekker 33) 1950 und 1955 Albert Begel 34)

Schwägerin Luise (Wiwi) Gauhe.

35). Letzterer ist noch 1959/60 Melker auf dem Heckerhoft als dieser nicht mehr verpachtet ist, sondern von Eduard Reintke verwaltet wird 36) 1962 verkauft Reichsgraf von und zu Hoensbroech neben Burg Welterode auch den

Inserate in der Eitorfer Zeitung aus dem Jahre 1900

Hofansicht von Norden. Links unter der mächtigen Schwarzpappel steht die große Hofscheune. Sie wurde von dem im 19. Jahrhundert aufgegebenen Hof Dellborn, oberhalb von Bach, hierher gebracht. Nicht auf dem Bild ist die etwa 50 Meter entfernte, langgestreckte, offene Feldscheune. Es folgt die Milchküche mit dem vorgebauten Hühnerstall. Das repräsentable alte Gutshaus wurde unverständlicher Weise als erstes abgerissen. An seine Stelle baute der neue Besitzer des Hofes ein modernes, gesichtsloses Wohnhaus. Rechts davon erkennt man ein langgestrecktes Gebäude, in dem Ställe, Schmiede und Gesindewohnungen untergebracht waren. Das Haus mit dem Fachwerkgiebel war ein reines Wirtschaftsgebäude. Am rechten Bildrand erkennt man einen Teil des großen Rinderstalles. In dem vorderen Teil, im ersten Stock, war die Wohnung des Schweizers, der so nahe bei seinem Vieh wohnte.

Heckerhof 37 Neuer Eigentümer des Heckerhofes wird der Landwirt Klingen aus Hennef; ihm folgt bald danach Friedrich Reininghaus aus Reh bei Hohenlimburg in Westfalen. Nach seinem frühen Tod tritt sein Sohn Dirk Reininghaus das Erbe auf dem Heckerhof an, auf den er 1977 noch sitzt. 38) In der Folgezeit erwirbt die Landwirtsfamloie Hess aus Sankt Augustin- Mülldorf den Heckerhof; Hans Peter Hess besitzt als Nachkomme dieser Familie heute noch große Teile des Anwesens.

Der Heckerhof gehörte 1644 zur Irlenbacher (Erlenbacher) Honschaft 39). 1791 gehörte er zum Mertener "Gesätz" (das aus den Honschaften Merten, Thielenbach und Irlenbach zusammengesetzt war) 40). An die Stelle des Mertener "Gesätzes" trat im 19. Jahrhundert die politische Gemeinde Merten; diese wurde Bestandteil der Bürgermeisterei Eitorf. Der Heckerhof hatte 1817 8 Einwohner 41), 1830 8 Einwohner 42), 1843 17 Einwohner 43), alle Katholiken und in einem einzigen Gebäude wohnhaft 44). In der namenskundlichen Literatur wird der Name Heckerhof als ein von einer Hecke umgebener Hof gedeutet. Es ist m. E. fraglich, ob diese Deutung in diesem Falle richtig ist: Es fällt nämlich auf, dass in den obengenannten Urkunden und Akten immer „von Heck" resp. „zu Heck", in der og. Urkunde vom 24. 04. 1445 "zo Hecke", nie aber von, auf, zu oder z. B. "in der Hecken" steht: Jedenfalls habe ich den bestimmten weiblichen Artikel, der dem lebenden Organismus Heck(e) resp. dem von ihm abgeleiteten Siedlungsnamen wesenhaft anhaftet, erfolglos gesucht. Dieser Feststellung steht nicht entgegen, dass 1644/45 "Nesselrods Hecke" und "Heckerhof" (an denen der Kirchweg der Erlenbacher Honschaft entlangführt) 45) bzw. dass 1736 "daß Hecker Hauß" und "die Heck" (an denen der Grenzweg der Gemeinde/Gemarkung Eitorf entlang- bzw. hindurchführt) 46) im selben Atemzug genannt sind: Der Heckerhof ist viel älter als "Nesselrods Hecke", sein Name kann nicht von ihr abgeleitet sein.

Jedoch hat es einen originären Hof namens Hecke(n) im Kirchspiel Eitorf gegeben. Er lag zwischen lMühlpie und Schellberg, nördlich des Heckersiefens 47) und gehörte zur Obereriper Honschaft: 1644 ist Heinrich "ihn der Hecken" abgabepflichtig; er muß 10 Schilling Herbstschatz und 2 Hühner zahlen 48). 1666 ist Thibus (Matthäus) in der Hecken erbhuldigungspflichtig 49). 1715 steht "Hecken" in der Ploenniesen-Karte. An den Hof "in der Hecken", 1791 - wohl von einem Ortsfremden - "Heck" geschrieben und im Linkenba-

Schon früh hielt die Motorisierung Einzug auf dem Heckerhof. Ein Lanz-Trecker (Bolldog) ist hier vor dem Pflug. Der als Roder bei der Kartoffelernte eingesetzt wurde. Interessant sind die Räder. Sie sind aus Stahl gefertigt und haben hinten tiefe Querprofile und vorne hohe Führungsleisten. Dadurch konnte der Traktor bei jedem Wetter im tiefgründigen, schweren Lössboden des Heckerhofes eingesetzt werden. Mit dem Schwungrad (nicht sichtbar auf der Rückseite) wurde die Dreschmaschine und die Schrotmühle des Hofes angetrieben.

Der Heckerhof bei Eitorf   27

Getreideernte Anfang der 20er Jahre. Die Garben werden mit dem Langwagen, einem Leiterwagen, in die Scheune eingefahren. Der Pächter des Hofes, im Vordergrund des Bildes, legt kräftig selbst Hand an. Das Gespann besteht aus zwei mächtigen Kaltblutpferden. Die Wagen und Gespanne des Heckerhofes gehörten bis in die 50er Jahren zum Ortsbild von Eitorf, wenn sie ihre Ernte (meistens Zuckerrüben, Weißkohl und Kartoffeln) zum Bahnhof führen. Hier wurde sie auf Güterwagen verladen.

cher "Gesätz" gelegen 50), aber wohl zu unterscheiden von "Heck" (Heckerhof), im Mertener „Gesätz" gelegen, erinnern noch einige Flurnamen nördlich des Heckersiefens, nämlich: Im Heckerbusch, Im Heckersiefen, Aufm Heckerfeld, Oben aufm Heckerfeld, In der Heckerwiese, Oben in der Heckerwiese. In der Wiebeking-Karte, 1789/1792 gezeichnet, findet sich dieser Hof "in der Hecken" resp. "Heck" nicht. Am 8. 1. 1809 ist er im Eitorfer Heiratsbuch „Hecken prope Mülleip" genannt. 1829 ist er wüst 51).

Die Siedlung Hecke, zwischen Rodder und Dickersbach gelegen, gehörte zur Sterzenbacher Honschaft. 1644 ist "Meiß ihn der Hecken, vorher Jacob ihn der Hecken und Wilhelm Geirscheidt wegen Jacobs ihn der Hecken" abgabepflichtig 52). 1666 ist Peter in der Hekken erbhuldigungspflichtig 53). Diese Siedlung Hecke ist m. E. nicht als originäre Wohnstätte, sondern als Anhängsel von Rodder entstanden. Rodder war eine von einer Hecke umfriedete Siedlung: An oder in dieser Hecke wurde spätestens im 17. Jahrhundert ein Wohnhaus oder Hof gebaut. Am 03. 02. 1692 haben in Eitorf Peter Monheim "in der Hecken" und Katharina NN, Eheleute, ihren Sohn Johannes taufen lassen.

Diese Monheim wohnten nachweislich in Hecke bei Rodder, in einem Eitorfer Kirchenbuch auch "zu Rodder in der Hecken" genannt. 1715 steht "Hecken" in der Ploennies-Karte. 1791 ist Hecke (bei Rodder) nicht genannt 54), auch nicht in der Wiebeking-Karte eingezeichnet. Hecke hat 1817 7 55), 1843 19 Einwohner (darunter einen Evangelischen) 56) und findet sich auf einer Karte von 1829 57) und einer Karte von 1863 58).

Es ist möglich, dass der og. Name Heck von dem Heck einer ursprünglich wohl niederdeutschen, nicht mit dem Wort Hecke gleichzusetzenden Bezeichnung

Nach und nach wurden viele der alten Gutsgebäude abgerissen. An Stelle der ehemaligen Feldscheune steht heute ein repräsentatives Clubhaus, das von etwa 2000 Golfspielern der Region genutzt wird. Die weitläufigen Räume der Gastronomie werden von der Eitorfer Bevölkerung gern und häufig, besonders für Familienfeste, besucht. Wo früher seit dem Mittelalter der Pflug seine Furchen zog, wo die Rinder des Hofes auf den weitläufigen Weiden grasten, da suchen heute auch viele Bewohner der nahen Städte Spaß und Erholung. Selbst aus dem nahen Holland kommen immer wieder Gruppen und Golftouristen für einen Kurzurlaub nach Eitorf. Wo früher nur hin und wieder ein einsamer Wanderer durch die Felder zog, ziehen heute an den Wochenenden Hunderte von Eitorfern über die gut ausgebauten Spazierwege entlang der Spielbahnen. So lernen sie ein Stück ihrer Heimat kennen, für das sie sich früher kaum interessiert haben. Sie können nach Norden einen unvergleichlich schönen Ausblick über das Siegtal zu den Höhen des Nutschelds genießen. Nach Westen schweift der Blick über die Felder zum Siebengebirge hin und im Osten steigen die Berge des nahen Westerwaldes an.

für ein Nutzvieh- oder Wildgatter herkommt; ein solches war in der Regel im Gegensatz zur "lebenden" Hecke aus "toten" Palisaden errichtet. Es mag der Namensdeutung dienen, dass der Heckerhof auf einer Zeichnung des Malers Renier Roidkin aus dem Jahr 1726 (hier "Heckhoff" genannt) - vielleicht schon seit seiner Gründung (in fränkischer Zeit?) - an einer palisadenbewehrten, fast kreisrunden Wallanlage steht 59). Dass Heck in späterer Zeit ein Synonym für Viehkoppel, gar für Haus und Hof wird, verwundert nicht, vgl. die Redensarten "bim Heck bliwen" = in der Nähe des Hauses bleiben 60) und "zu Heck kommen" = nach Haus resp. ans Ziel kommen 61).

Es ist m. E. nicht auszuschließen, dass der Siedlungsname Heck (nämlich Hekkerhof bei Eitorf) von dem mittelhochdeutschen Wort hecken kommt. Es bedeutet, sich vermehren, an- oder zuwachsen 62) und kann sich auf die stets reichen Erträge des fruchtbaren Lößlehmbodens und/oder die Viehzucht beziehen.

Das beschriebene Gut Heckerhof führt den amtlichen Namen "Heckerhof"; daneben führt eine in Eitorf den amtlichen Namen "Zum Heckerhof". Längst hat eine Kommanditgesellschaft das Gut Heckerhof übernommen, um darauf den Golfsport ausüben zu lassen. Diese Gesellschaft hat sich am 15. 06. 1992 als "Gut Heckerhof Golf- & Country-Club an der Sieg GmbH & Co. KG" in das Handelsregister beim Amtsgericht Siegburg eintragen lassen. Aus "Heckerhof" wurde absichtlich "Heckenhof", weil ein "Hacker" (sprich: Häcker) ein schlechter Golfspieler ist, wie ein Investor der Presse erklärte 63). Es fragt sich, ob der Name "Heckenhof" im Firmennamen das Hoheitsrecht der Gemeinde Eitorf auf Siedlungs- und Straßennamengebung in unzulässiger, die Öffentlichkeit verunsichernder Weise berührt, zumal das Gut "Heckenhof" mit der Siedlung "Heckerhof" flächenmäßig im Wesentlichen identisch ist und die jetzt geplanten Baumaßnahmen (Bau von drei Appartement-Blocks) 64) ein noch breiteres öffentliches Interesse an der Siedlung Heckerhof resp. dem "Gut Heckenhof" hervorbringen werden.

Anmerkungen

1) Hauptstaatsarchiv Düsseldorf (HStAD) Depositum Nesselrode-Ehreshoven Urk. 268. - Hamm, J., Der Rittersitz Burg Welterode in Eitorf. In: Heimatblätter des Rhein-Sieg-Kreises 54/55 (1986/87 S. 177-193 (184)

2) Dittmaier, H., Siedlungsnamen und Siedlungsgeschichte des Bergischen Landes. In: Zeitschrift des Bergischen Geschichtsvereins 74 /1956) S. 189

3) Urkunden und Quellen zur Geschichte von Stadt und Abtei Siegburg (= UB Siegburg). Bearbeitet von E. Wisplinghoff. T. Siegburg 1954, Nr. 92

4) Treptow, O., Untersuchungen zur Topographie der Stadt Siegburg. Hinweise zur Arbeitsmethode. In: Europäische Geschichte. Festschrift Edith Ennen. Hrsg. von Werner Besch u. a., Bonn 1972, S. 701 ff. (738)

5) Wülffing, F., Beschreibung und Mittheilungen über die Resultate der Verwaltung des Kreises Sieg im Regierugsbezirke Cöln. Siegburg 1860, S. 4 ff. (6)

6) Vgl. Anm. 3, Nr. 522

7) Sussenburger, H., Alt-Eitorf, 1938, S. 103

8) Margarethe von Lützerode (aus Westerwälder Uradel), vgl. Busch, G. (Hrsg.), leerten (Sieg), seine viel liebe heimat. Siegburg 1978, S. 207

9) Sukopp, T., Urkunden und Akten des Klosters Merten aus dem Archiv Schram in Neuss (= Landschaftsverband Rheinland: Inventare nichtstaatlicher Archive, 7.). Essen 1961, Nr. 87

10) Redlich, O. R., Jülich-Bergische Kirchenpolitik am Ausgange des Mittelalters und in der Reformationszeit. II. 2. Teil. Bonn 1915, S. 63

11) HStAD Dep. Nesselrode-Ehreshoven Urk. 668

12) HStAD Jülich-Berg III R, Amt Blankenberg, Lagerbuch Nr. 63, B1. 278r

13) Diese befinden sich im Landesarchiv Nordrhein-Westfalen/Personenstandsarchiv Brühl

14) Kirchenbuch Eitorf, LB 7/4 F, S. 82

15) Vgl. Anm. 14, S. 86

16) Kirchenbuch Eitorf, LB 1/4 F, S. 29

17) Vgl. Anm. 16

18) HStAD Kloster Merten, Akten Nr. 47, B l. 230r resp. 231r

19) Sukopp, T., Die Familie Alfter. 1958, S. 13-19 (im Heimatarchiv der Gemeinde Eitorf und des Heimatvereins e. V.). - Betr. die Familie Alfter vgl. auch Schumacher, W., 400 Jahre Höfe und Halfen in Müllendorf, Siegburg 1985, S.313

20) Johann Engelbert Windscheif und Maria Agnes Welteroth sind meine Vorfahren

21) So bei Sukopp, vgl. Anm. 19, S. 8, infolge Lesefehlers

22) Handbuch des Landtages Nordrhein-Westfalen, Ausgabe für die 1. Wahlperiode (von 1947 an), Düsseldorf 1949, S. 257

23) Diesem und dessen Geschwistern hat Sukopp seine unter Anm. 19 genannte Untersuchung gewidmet

24) Diwo, J., Die Entwicklung Eitorfs im 19. und 20. Jahrhundert. In: Chronik der Eitorfer Schulen. Festschrift des Gymnasiums beim Einzug in die neue Schule. Eitorf 1968, S. 127 ff. (169, mit Porträtfoto)

25) Diwo, J., In: 100 Jahre, 1892-1992, Eitorfer Raiffeisenbank eG, Geschäftsbericht 1991, O. S.

26) Die Angabe "12. Dezbr. 1812" auf seinem Totenzettel ist falsch

27) Vgl. Anm. 24, S. 157

28) Vgl. seinen Totenzettel (im Privatbesitz)

29) AdreO-Buch des Kreises Sieg. Siegburg 1894, S. 95

30) Adreß-Buch der Kreise Sieg und Waldbröl. Siegburg 1900, S. 110

31) Vgl. Anm. 24, S. 186, 175 (Porträtfoto); Anm. 25

32) Adreßbuch für den Siegkreis 1934-35, S. 290?

33) Greven's Adressbuch für den Siegkreis 1940, S. 142

34) Greven's Adreßbuch für den Siegkreis 1950, S. 148

35) Greven's Adreßbuch des Siegkreises 195+5/5G, S. 206

36) Greven's Adreßbuch des Siegkreises 1959/60, S. 225

37) Nischang, P., Merten und die Grafen von Sayn. In: Vgl. Anm. 8) S. 73 ff. (1-03)

38) Gemeinde Eitorf 1977, S. 41

39) Rent- und Lagerbuch des Landes und Amtes Blankenberg. 1643-45 (im Turmmuseum Hennef-Stadt Blankenberg, Bl. 206r/Abschrift von G. Emans); HStAD Lagerbuch von 1644, Jülich-Berg III R, Amt Blankenberg, Nr. 63, Bl. 278r

40) Goldschmidt, H., Amtliche Statistik am Niederrhein im 18. Jahrhundert. In: Jahrbücher für Nationalökonomie und Statistik. 108. Bd. (III. Folge 53. B4.), Jena 1817, S. 327 ff. (348-349)

41) Übersicht der Gebiets-Eintheilung des Regierungsbezirks Köln, Köln 1817, S. 70

42) v. Restorff, F., Topographisch-Statistische Beschreibung der Königlich-Preußischen Rheinprovinzen, Berlin und Stettin 1830, S. 296

43) Übersicht der Bestandtheile und Verzeichniß sämmtlicher Ortschaften und einzeln liegenden benannten Grundstücke des Regierungs-Bezirks Cöln, Cöln 1843, S. 79

44) Gemeindelexikon für die Provinz Rheinland. Auf Grund der Materialien der Volkszählung vom 2. Dezember 1895. Berlin 1897, S. 120

45) HStAD Limitenbuch des Amtes Blankenberg von 1644/1645 Signatur: Jülich-Berg III, Nr. 472

46) Nachbarbuch der Gemeinde Eitorf mit Einwohnerverzeichnis vom 19. Mai 1736 etc. (im Heimatarchiv der Gemeinde Eitorf und des Heimatvereins Eitorf e. V.), S. 5

47) Südlich des Heckersiefens lag der Örthshof, auch Örtgeshof genannt

48) IIStAD Lagerbuch von 1644, Jülich-Berg III R, Amt Blankenberg, Nr. 63, B l. 273r

49 Sussenburger, H., Alt-Eitorf, 1938, S. 121

50) Vgl. Anm. 40

51) Generalkarte der Gemeinde Eitorf von 1829 (im Katasterverwal tungsamt Siegburg)

52) Vgl. Anm. 46, Bl. 260r

53) Vgl. Anm. 47, B. 122

54) Vgl. Anm. 40

55) Vgl. Anm. 41

56) Vgl. Anm. 43

57) Vgl. Anm. 49

58) Topografische Karte des Regierungs Bezirks Cöln in zehn Blättern. Karte des Kreises Sieg. Cöln 1863

59) Güthling, W., Nesselrodische Hämmer, Höfe, Hütten. In: Heimatblätter des Rhein-Sieg-Kreises 42 (1974), S. 65 ff. (67) – die Ortsangabe Eitorf-Hecke ist falsch

60) Rheinisches Wörterbuch. Bearbeitet und herausgegeben von Josef

61) Müller. 3. B d., Berlin 1935, Sp. 388 Der Sprach-Brockhaus. Deutsches Bildwörterbuch für jedermann.

62) Leipzig 1935, S. 256

DBG Lexikon der deutschen Sprache, 1969, S. 41.6

63) Rhein-Sieg-Anzeiger vom 15. 09. 1992, S. 11

64) Rhein-Sieg-Anzeiger vom 08. 09. 2006, S. 35

Herrn Hans Deutsch, Eitorf, danke ich für viele Hinweise und die Besorgung sämtlicher Fotos.

Quellennachweis:
Eitorfer Heimatblätter Nr. 24/07, S. 22 – 29, mit freundlicher Genehmigung des Heimatvereins Eitorf e. V.

Danksagung

Mein Dank gilt meiner Cousine Doris Stein, die meinem Gedächtnis auf die Sprünge geholfen hat.

Danke meiner Schwester Ulrike Wendt für ihre Hilfe bei der Fertigstellung des Manuskripts.